CB057012

CONTOS MÍTICOS AFROBRASILEIROS

VANDA MACHADO

CONTOS MÍTICOS AFROBRASILEIROS

Cosmovivências e as potencialidades do ser humano

malê

©Malê 2024.
Todos os direitos reservados e protegidos pela Lei n. 9.610, de 12.2.1998.
É proibida a reprodução total ou parcial sem a expressa anuência da editora.

EDITORA MALÊ
DIREÇÃO EDITORIAL
Francisco Jorge e Vagner Amaro

Contos míticos afrobrasileiros
ISBN: 978-65-85893-26-8

EDIÇÃO: Francisco Jorge
PREPARAÇÃO E REVISÃO: Louise Branquinho
CAPA: Marcio Oliveira
PROJETO GRÁFICO MIOLO E DIAGRAMAÇÃO: Marcio Oliveira

ESTE LIVRO FOI REVISADO SEGUNDO O ACORDO ORTOGRÁFICO DA LÍNGUA PORTUGUESA DE 1990, EM VIGOR NO BRASIL DESDE 2009.

```
Dados Internacionais de Catalogação na Publicação (CIP)
          (Câmara Brasileira do Livro, SP, Brasil)

    Machado, Vanda
        Contos míticos afrobrasileiros / Vanda Machado. --
    Rio de Janeiro : Malê Edições, 2024.

        ISBN 978-65-85893-26-8

        1. Ancestralidade 2. Contos afro-brasileiros
    3. Cultura afro-brasileira 4. Educação e literatura
    5. Orixás 6. Religiões afro-brasileiras I. Título.

    24-237252                                   CDD-B869.3
            Índices para catálogo sistemático:

        1. Contos : Literatura brasileira    B869.3

        Eliete Marques da Silva - Bibliotecária - CRB-8/9380
```

EDITORA MALÊ
Rua Acre, 83/ 202 - Centro - Rio de Janeiro – RJ CEP: 200.81-000
www.editoramale.com.br
contato@editoramale.com.br

Impresso no Brasil, 2024.

Iya mi axexé
Baba mi axexe
Olorun mi axexe
Gbobo axexe tinu ara mi

Minha mãe é minha origem
Meu pai é minha origem
Olorun é minha origem
Todas as origens em mim.

A bença minha mãe Idalina
A bença meu pai Antônio Machado
Este livro é de vocês.

SUMÁRIO

Apresentação | 15

Para compreender a oralitura como fonte | 27
da história e cultura afro-brasileira

Cultura como sentimento agregador de | 35
solidariedade, convivência e liberdade

O Doma: guardião dos saberes e sentidos | 37
epistemológicos afrodiaspóricos

"Educar é apresentar a vida, e não dizer | 43
como viver"

Irê Ayó, um projeto de caminhos, | 49
encontros e celebrações

A Feira de São Felipe: lugar de alegrias, | 57
prosas, vendas, barganhas e cantorias

A Fazenda Copioba: meu tempo-espaço ancestral | 61

Contos míticos, mediação, complexidade | 66
e sabedoria

1. O ESPELHO DA VERDADE | 69

OS MITOS: UM CONHECIMENTO ANCESTRAL | 71
DA NATUREZA HUMANA

2. A GALINHA CONQUÉM | 75

3. CRIAÇÃO DE ILÈ IFÉ, O LUGAR MAIS ANTIGO | 85
   DO MUNDO

4. OSSAIN, O ORIXÁ DAS FOLHAS, E OGUM | 89

5. OKÔ, O SENHOR DAS PLANTAÇÕES | 93

6. OSSAIN E OGUM NA ORGANIZAÇÃO DO MUNDO | 97

7. ÁGUIA NÃO É GALINHA | 101

8. OLUBAJÉ: A FESTA PARA TODAS AS PESSOAS | 103
   DA TERRA

9. SONHOS, ESPAÇOS DE REALIDADE PARA | 105
   PROJETOS DE VIDA E CONSCIENTIZAÇÃO COLETIVA

CONTOS MÍTICOS: TRADIÇÃO E VIÊNCIA | 107
PEDAGÓGICA, CONHECIMENTOS, SABERES ANCESTRAIS
E OUTROS CAMINHOS PARA UMA EDUCAÇÃO
ANTIRRACISTA

10. A CRIAÇÃO DOS SERES HUMANOS | 111

11. A SENHORA DO MAR E MÃE DE TODO | 113
    SER HUMANO

12. A TERRA NÃO TEM DONO | 115

13. CRIAÇÃO DO MUNDO POR OLODUMARÊ | 117

14. Olokun e Olussá: o cuidado com a | 119
    vida da Terra

15. A senhora da lama que fertiliza o mundo | 121

16. A senhora das águas doces e da beleza | 123

17. A morte do ancião | 127

18. Ogum e a criação dos seres humanos | 129

19. Uma história de tempo | 131

20. Xangô, o mais importante rei de Oyó | 133

21. Logun Edé vai à festa de Xangô | 135

22. Iansã criando a democracia das folhas | 137

23. Oxê, o rei que era pobre | 141

24. A casa de Ariwô | 143

25. Oxóssi, o caçador de uma flecha só | 145

26. Nanã, a senhora dos mistérios | 149

27. O menino e as flores | 151

28. Os Ibeji enganam a morte | 153

29. Iansã convida Omulu pra dançar | 155

30. A justiça de Exu | 157

31. O pacote de Zambi | 159

32. A transformação de Ogum | 161

33. Exu, o mensageiro | 165

34. Exu e o posicionamento dos órgãos | 167
   sexuais no corpo humano

35. Oxum e a luta pelos direitos coletivos | 169

36. Oxum e as mulheres na organização | 171
   do mundo

37. Logun Edé, o filho do caçador | 175

38. Os filhos de Oyá | 177

39. O nascimento das mulheres no mundo | 179

40. A beleza e a coragem de Ewá (Euá) | 181

41. Anansi | 183

42. O xirê da alegria que volta | 185

43. Oxum traz de volta Ogum | 187
   para sua comunidade

Omolocum: metáfora para a construção do | 189
currículo do projeto político-pedagógico
Irê Ayó

Glossário | 193

Referências | 195

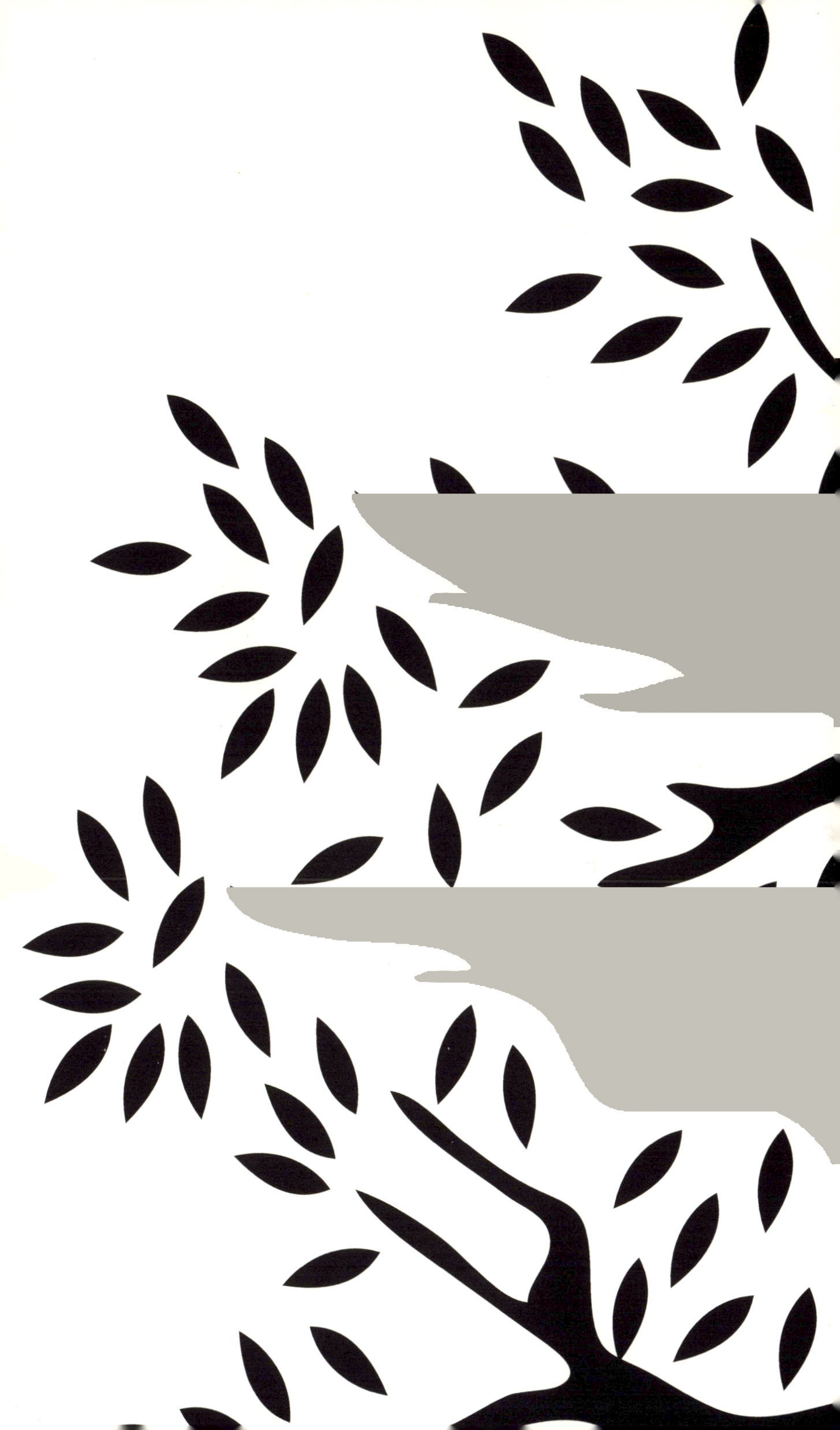

ENTRE CONTOS E ENCANTOS: UMA MITO-POÉTICA AFRO-BRASILEIRA

UMA QUASE APRESENTAÇÃO

Estamos diante de um livro que reflete, como no espelho de Oxum, as palavras e vida de sua autora: a professora, contadora de histórias, *Arọkin*[1], encantadora de possibilidades, mulher negra, mãe, avó, iniciada no candomblé e, como ela mesma diz, ativista. Todas essas possibilidades efetivadas tomam forma no corpo/vida de Vanda Machado, que se dá em presente nas palavras que leremos. Esse presente nos oferta tantas possibilidades quantas há nos contos que encontraremos.

---

1 *Arọkin* é a palavra na língua iorubá para as pessoas memorialistas, que guardam as histórias de seu povo e as mantêm vivas em suas contações, sempre com um caráter ético, político e, sobretudo, pedagógico. Por isso, os *Arọkin* são considerados historiadores reais, responsáveis por manter e difundir a memória dos iorubás. É uma figura que exerce, na Iorubalândia, as funções que os malineses atribuem ao *doma*, que o livro discutirá conosco.

É um livro que chega em boa hora. Em 2023, completam-se vinte anos que foi promulgada a alteração da Lei de Diretrizes e Bases da Educação Nacional (LDB) – a mais importante norma sobre educação em nosso país –, através da Lei Federal 10.639/2003, que determinou o ensino da história e cultura africana e afro-brasileira nas escolas de educação básica[2]. No balanço desses vinte anos, há muito o que celebrar, mas muito mais ainda por fazer, pois essa modificação não foi, de todo, implementada, muitas escolas ainda não trabalham com os conteúdos determinados e outras, ainda, apenas se utilizam de datas comemorativas para fazer de conta que a lei está sendo aplicada. Se de um lado encontramos a triste persistência do racismo, de outro temos um profundo desconhecimento – ainda consequência do racismo – de como fazer para que os saberes, valores e histórias dos africanos e seus descendentes possam chegar nas escolas. Na realidade, o problema é a dificuldade em reconhecer aquilo que já nos cerca, pois não se trata exatamente de trazer algo novo, mas de descortinar aquilo que o racismo tratou de invisibilizar, porém não foi capaz de exterminar.

Este livro – *que já podemos chamar de nosso, pois nos é ofertado como presente* – aparece iluminando possibilidades para que possamos nos banhar nas águas da ancestralidade africana no Brasil, sendo um potente caminho para

---

[2] Em 2008, ocorreu outra modificação, por meio da Lei Federal 11.645, que alterou o artigo 26-A da LDB, inserido em 2003, determinando também o ensino de história e cultura indígena em todas as escolas, públicas e privadas, da educação básica.

que possamos educar, atravessadas e atravessados por nossas ancestralidades, através do reconhecimento de nossa pluralidade e multiplicidade. E não é um livro de receitas, que nos ensina, passo a passo, o que deve ser feito para que possamos entrar no jogo do ensinar e aprender a partir das propostas de uma educação para as relações étnico-raciais desde um compromisso antirracista. Como todo o presente que vale a pena, ele procura antes encantar, para poder fazer aparecer o valor daquilo que nos é presenteado.

Entre os muitos encantos do livro, há a retomada da experiência do projeto político-pedagógico Irê Ayó, que não apenas nos narra um feito, já na forma de conto, como também nos mostra que é possível realizar um trabalho educativo em que as crianças, jovens e adultos, estudantes e docentes, estejam engajados numa educação plural, valorizadora das potências de vida, formadora para um mundo respeitoso e solidário, uma possibilidade para o enfrentamento das muitas violências que o individualismo exacerbado que ronda nossos modos de vida modernos a partir das heranças ancestrais. Está longe de ser apenas um *como fazer*, mas traz a alentadora constatação de que *é possível fazer*. É importante frisar que estamos diante de uma experiência pioneira que, muito antes da promulgação da Lei 10.639/2003, já realizava uma educação calçada nos elementos culturais africanos recriados no Brasil e, portanto, trazendo sempre elementos da história e cultura africana e afro-brasileira.

Outro encanto que o livro traz/faz é nos mostrar as potências dos contos e dos mitos. Há muitos anos, um velho belga que estudou povos indígenas no Brasil tentava explicar que os mitos não são apenas representações, um "como se" das coisas: para ele, os mitos pensam as coisas, pensam o mundo e, de certa forma, fazem o mundo ser tal como é[3]. Mas sabem como é... os europeus nem sempre se fazem entender entre nós. Já no livro de Vanda Machado, os mitos vão nos levando a pensar, pensando junto conosco. Os contos trazidos não são apenas histórias "interessantes", mas também modos de pensar o mundo e fazer mundos mais inclusivos, mais plurais e que nos ajudam a lidar com conflitos de maneiras não destrutivas. Os contos e os mitos nos ensinam porque nos levam a pensar, pensam conosco e, de quebra, nos pensam. Dessa forma, os mitos não são um mero instrumento pedagógico, eles são um dos mais importantes caminhos do ensinar e do aprender, pois nos ensinam a simbolizar o mundo e a nos simbolizarmos, num gesto sempre interrelacional de encontro com o mundo que nos cerca, percebendo nele sentidos e valores, mudando o que precisa ser mudado. Os mitos nos alertam não apenas com uma moral, mas com a chamada para a necessidade de partilharmos o mundo, pois, se todas as pessoas fossem iguais ou no mundo existisse apenas uma pessoa, o próprio gesto de contar histórias não faria sentido.

E coroando a proposta do livro, com seu encanto deslumbrante, aparecem os próprios contos e mitos das sabedorias africanas nos terreiros e na própria vida de Vanda

---

3   LÉVI-STRAUSS, Claude. *Mitológicas I*: O cru e o cozido. Rio de Janeiro: Cosac e Naify, 2004.

Machado. Ela não é apenas uma emissária dos contos, é a própria encarnação deles. Os mitos que trazem tantas possibilidades de entendermos quem somos, o que podemos fazer e, sobretudo, quais perigos nos rondam quando esquecemos de quem somos e de que só somos o que somos em virtude de uma comunidade que nos precede. E aqui, novamente, o caráter pedagógico dos contos e mitos se faz incontornável. Aprendemos no coletivo ao contarmos e ao ouvirmos os contos e mitos. Nesse encontro entre quem conta – e encanta – e quem ouve – e *se* encanta –, se dá um dos mais bonitos e potentes processos de aprendizagem.

O livro nos apresenta os contos e mitos sem nenhum contorno de exotização – e isso é fundamental para o trabalho com as determinações legais sobre as quais falamos. Os mitos estão em nosso entorno, assim, não se trata de *exotizá-los*, mas de aprendermos a contá-los e ouvi-los tal como a tradição oral sempre ensinou – e o racismo tentou nos fazer esquecer. As narrativas vividas, contadas e ouvidas nos terreiros de candomblé e na criatividade pedagógica de nossa autora são potência inventiva e fortalecedora de nossas subjetividades e projetos de vida.

Vanda Machado nos lembra mais: a palavra, que embala o mito, é corpo. É com o corpo que vivemos, nos alegramos, desejamos, pensamos, ensinamos e aprendemos. Portanto, não devemos lateralizar ou esquecer o corpo; e sim, trazê-lo para o fazer educativo de maneira potencializadora. Quem já ouviu nossa autora contar histórias sabe que isso não é uma metáfora. Ela narra com o corpo inteiro: seu corpo conta, canta e encanta. Poder imaginar a sala de aula que envolva os contos e mitos, encantados e encantadores, como dispositivo de potencialização da relação ensinar e aprender é uma contribuição fundamental para a educação das relações étnico-raciais.

Ao nos contar suas memórias, desde as da infância, Vanda Machado traz uma imagem bonita da experiência negra para além da dor que o racismo provoca. Não se trata de esquecer a denúncia, pois ela está presente, mas em trazer outras águas, outros acalantos e forças nutridoras que possam reafirmar aquilo que as armadilhas coloniais buscam ocultar: as pessoas negras, das crianças às mais velhas, são produtoras de saberes, de valores, de práticas e de sentidos que são constitutivos das paisagens brasileiras. E essa é uma das mais valiosas contribuições deste livro – que tem tantas!

Este livro-presente nos convida para nos sentarmos aos pés da ancestralidade negra e ouvirmos os contos e mitos que tanto têm a nos ensinar. E ele é a prova viva de um saber filosófico mantido na memória negra e nos terreiros de candomblé. Certa vez, um preto-velho nascido no velho continente negro nos disse: "Não podemos entrar na filosofia, assim como na vida, senão misturados a uma história que nos precede e enredados em histórias que se tecem em torno e sobre nós. Histórias nas quais se sondam nossas próprias *constituições* e *situações*; histórias nas quais se separam *narrativas intrincadas* que nos levam e transportam em direção a um outro lugar."[4]

---

4 BIDIMA, Jean-Godefroy. De la traversée: raconter des expériences, partager le sens. *Rue Descartes*, 2002/2, n.36, p. 7. Tradução nossa.

Este velho camaronês partilha com Vanda Machado o reconhecimento da importância de um pensamento que emerge *entre* histórias contadas. Entre mitos e contos. Narrativas que são diferentes daquelas que tentam nos empobrecer de vitalidade, nos separar, nos inferiorizar. Sair da mera posição das histórias que são contadas – maldosamente – sobre nós e podermos *nos* contar em outras histórias. São histórias que nos levam a lugares diferentes daqueles que as armadilhas coloniais prepararam para nós e que nos conduzem a águas de aprendizagens, de fortalecimentos e potências de vida. Desse modo, este livro nos apresenta uma *mito-poética* afro-brasileira, pois propõe, como toda poética, a criação de mundos – por leitos pedagógicos – de imaginários que potencializem as sendas do humano que nos enredam, nos levando a um aprender mais aberto, plural.

Assim, só nos resta ouvir e celebrar as palavras/vida de Vanda Machado, que, em seu generoso presente/convite, nos guia entre contos e encantos para as possibilidades de contarmos nossas histórias, herdadas de nossas ancestrais. Suave, inteligente, potente e instigante, como a voz de Oxum, este livro é ouro para a seara educativa, filosófica e ética que nossos tempos tanto precisam.

Wanderson Flor Do Nascimento - *Tata Nkosi Nambá*[5]

---

5   Professor de filosofia e direitos humanos na Universidade de Brasília. Tata ria Nkisi na Nzo ria Ndandalunda.

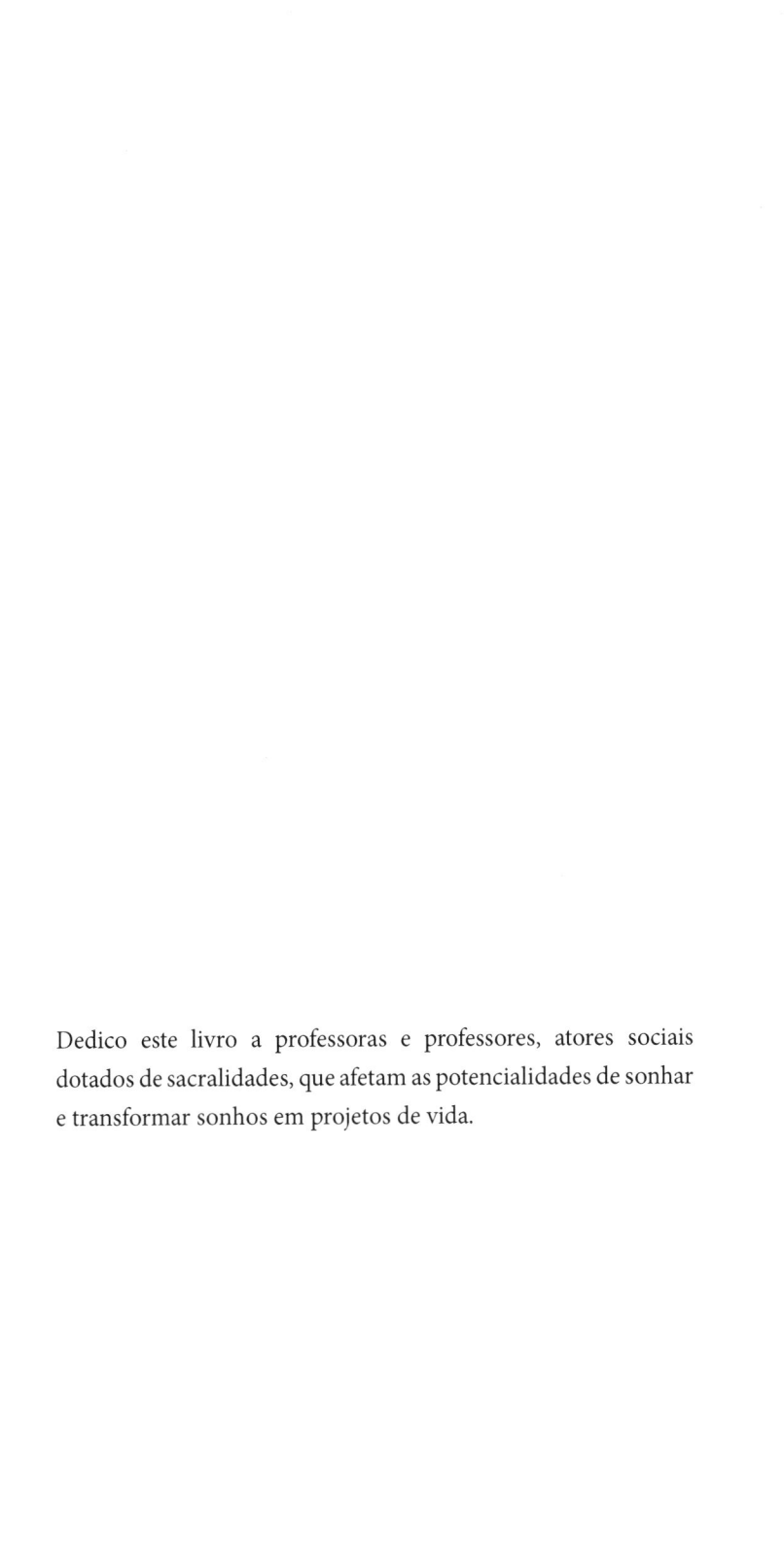

Dedico este livro a professoras e professores, atores sociais dotados de sacralidades, que afetam as potencialidades de sonhar e transformar sonhos em projetos de vida.

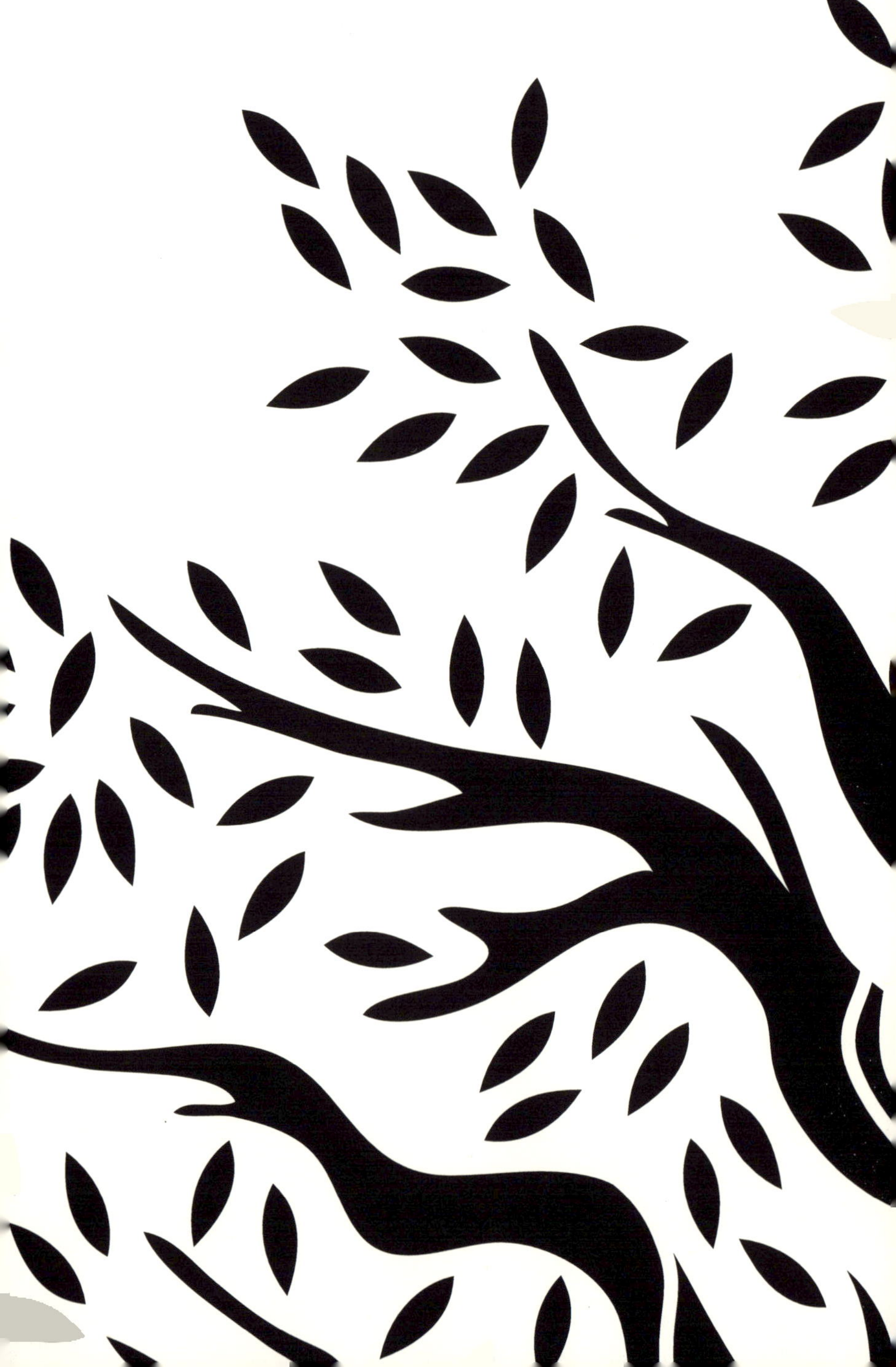

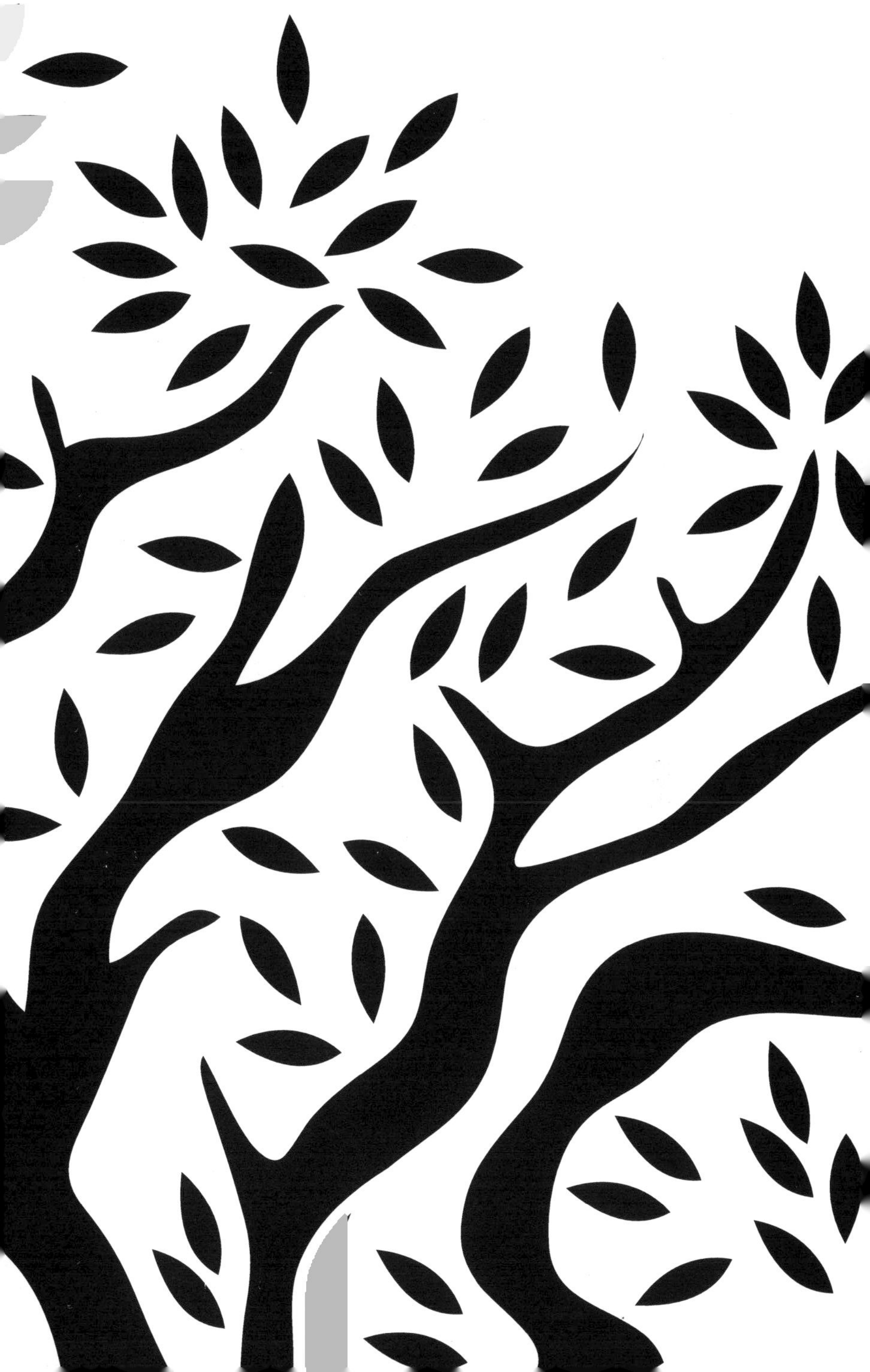

PARA COMPREENDER A ORALITURA COMO FONTE DA HISTÓRIA E CULTURA AFRO-BRASILEIRA

Sou educadora, nasci na primeira metade do século passado. Hoje vivo um tempo de gratidão pela vida e pelo saber ancestral que me envolve e me permite transitar pelos labirintos da ancestralidade que me ensina a viver, pensar e agir como mulher negra, educadora e antirracista. A educação é uma ciência viva, não é uma teoria abstrata. O ato de educar nos envolve à medida que a sociedade vive seus acontecimentos históricos, onde deve atuar com estreito contato com a criatividade, objetividade que obriga uma aproximação com a realidade e tradição oral, como a grande escola da maioria dos povos africanos.

As culturas africanas não são isoladas da vida. Aprende-se observando a natureza, aprende-se ouvindo e contando histórias das culturas africanas. Tudo é história. A grande história da vida compreende a história da terra e das águas. A história dos vegetais e farmacopeia, a história dos astros, a história das águas, e assim por diante.

Nas culturas tradicionais africanas, a vida era considerada também um processo contínuo de educação. Em algumas delas, até 42 anos, o homem permanecia na "escola da vida" e não tinha direito à palavra em assembleia, a não ser excepcionalmente. Seu dever era ficar ouvindo, aprendendo os ensinamentos recebidos, até se tornar um mestre para desenvolver na sua comunidade a educação recebida sem se afastar dos mais velhos, com quem continuaria aprendendo.

O contador de história, nessa tradição, é um mestre, um iniciador de criança, do jovem até o adulto. Trata-se de uma iniciação para a vida. As histórias míticas são contadas e recontadas e funcionam como mapas que encaminham os sujeitos nas suas possibilidades de convivência sem prescrever conselhos, fazendo valer o árbitro e o jeito de ser de cada um. Ou seja, os conhecimentos produzidos nessas culturas e seu aprendizado sempre podem favorecer a convivência ou uma utilização prática.

Segundo Laura Padilha em *Entre voz e Letra: o lugar de ancestralidade na ficção angolana do século XX* (2007, p. 35): "a milenar arte da oralidade difunde as vozes ancestrais, procura manter a lei do grupo, fazendo-se, por isso, um exercício de sabedoria".

Compreender a história oral como fonte da história

Com os mitos ou as histórias míticas, a cosmopercepção das culturas africanas insere informações que propiciam reflexões e lembranças das memórias e do complexo simbólico. Este envolve a ideia de origem do mundo, do autoconhecimento, da organização social e das relações interpessoais.

É a palavra que diz o que é sendo o que diz. A palavra é um bem, é vida, é ação, é o sopro que transforma. A fala faz acontecer o que preexiste em cada movimento do universo. No universo africano tudo fala, e pela fala, tudo ganha força, forma, sentido e orientação para a vida. Nas culturas africanas, principalmente hoje, compreende-se a história a partir da compreensão da oralidade. É através da oralidade, da voz de narradoras e narradores, que os mitos e os modos de organização dos rituais são transmitidos. Os mitos são constituídos de palavras organizadoras dos caminhos e vivências de cada um em particular e da comunidade.

As memórias das antigas sociedades africanas se apoiavam numa transmissão continuada de histórias, contendo conhecimentos, princípios e valores que preservam, entre outros, o sentido agregador, enquanto família é vinculação à terra. Portanto, o ato de lembrar está na essência das tradições que sustentam a organização comunitária e formas de governar nessas sociedades.

Assim, a comunidade, no que diz respeito à forma como se lembra a reverência aos seus ancestrais, conserva os valores de convivência que estão na memória como um "jeito de ser", "pertencer" e "participar" solidariamente da sua comunidade. A memória realiza uma "revivência" de fatos que são atualizados pelos rituais, renovando-se e repetindo-se nas suas diferenças expressas em tempos e lugares.

Neste sentido, a memória vai além e transcende a mera repetição. A memória não separa o presente do passado, uma vez que o primeiro contém o segundo e vai atualizando fatos da história e da vida. Dizendo de outro modo, a memória assume a condição de representações coletivas, trazendo no seu contexto a história de um povo.

As congadas, por exemplo, nos permitem perceber a forma de organização política do povo banto. O rei coroado no Brasil remete ao acontecimento onde várias tribos aceitam o mesmo chefe, que se torna rei de todo o território que acolhe a sua autoridade. A historiadora Marina de Mello e Souza, em *Reis negros no Brasil escravista: história da festa de coroação do Rei Congo* (2014, p. 19), afirma: "Produto do encontro de culturas africanas e da cultura ibérica, a festa incorporou elementos de ambas em uma nova formação cultural, na qual os símbolos ganharam novos sentidos".

O sentimento agregador do povo negro serviu como base não só para a festa, mas também para fazer o corpo falar da sua história, como nos autos dos resultados dos maracatus, com os ranchos dos blocos de Carnaval. Uma fala cultural que envolve, entre outros, a dança como fala da corporeidade e remete à força da comunicação ancestral consequentemente à oralidade nas suas mais diversas formas de apresentar-se.

Uma mesma manifestação cultural, o mesmo canto, uma mesma história mítica assume feições diferentes em diversas regiões do Brasil. Em meio à ficção e a hibridez cultural que forjam esse património imaterial, historiadores e antropólogos conseguem encontrar informações preciosas da cultura e dos costumes de uma época. Uma congada tanto pode estar associada à irmã da tradição Benedito como à irmandade de Nossa Senhora do Rosário. O importante é manter a resistência da memória coletiva que nos remete a um passado glorioso.

Quando a escravidão foi abolida no Brasil, negras e negros recriaram celebrações como forma de trazer o passado remoto, com brinquedos dançantes, mantendo eventos sempre à memória e costume dos reis bantos, como seus cortejos cheios de aparatos. Um passado que se conserva no espírito de cada corpo preto como memórias que afloram a consciência e fazem celebrar a vida, cantando e dançando, e que se apresenta como um sonho coletivo que continua a ser realizando pela repetição celebrativa.

Expressão política da oralitura

Todos os autos populares, as danças dramáticas, a jornada dos pastoris, as louvações das lapinhas, Cheganças Bumba-meu-boi, Fandango, Congos, o mundo sonoro e multicolor dos Reisados, aglutinando saldos de outras representações apagadas na memória coletiva, resistindo numa figura, no verso, num desenho coreográfico, são elementos vivos da literatura oral.

As Congadas são reminiscências dos reinos bantos no Brasil, como os reinos sudaneses. A exemplo do Antigo Gana, Antigo Mali, Império Songai, Reino de Oyó e de Ilê Ifé. É mais precisamente entre os bantos que se encontram as imagens de reis e rainhas, ostentando toda a sua imponente majestade. Toda vez que se quer falar em rei negro e manifestações recriadas em terras brasileiras, uma referência é o Rei de Congo Rainha Nzinga. Os Reis de Congo eram eleitos pelos negros de variadas etnias que integravam as irmandades afrocatólicas de Nossa Senhora do Rosário, como uma forma muito especial de contar um aspecto importante da história africana no Brasil.

Quando a festa se tornou um perigo para o colonizador

As congadas, como cerimônia permitida, tiveram seu início marcado pela necessidade de manter sob controle o enorme contingente de escravos urbanos espalhados, trabalhando de ganho, de aluguel, que viviam soltos e sempre maquinando pela liberdade. Desde 1674, já aconteciam no Brasil as cerimônias de coroação dos Reis do Congo. Um rei eleito pelos negros sugeria um passatempo simplório entre as inúmeras etnias. Para os brancos, esta era uma diversão grotesca e motivo para ridicularizar os negros no que lhes parecia absurdo: um rei negro.

De fato, o povo negro aproveitou não só esse pretexto como tantos outros, incluindo as celebrações do cristianismo, os altos europeus, ameríndios e as estratégias escravagistas para, usando a sabedoria, dar continuidade a sua história e memória coletiva, fortalecendo o seu grupo. Formando, assim, novas lideranças.

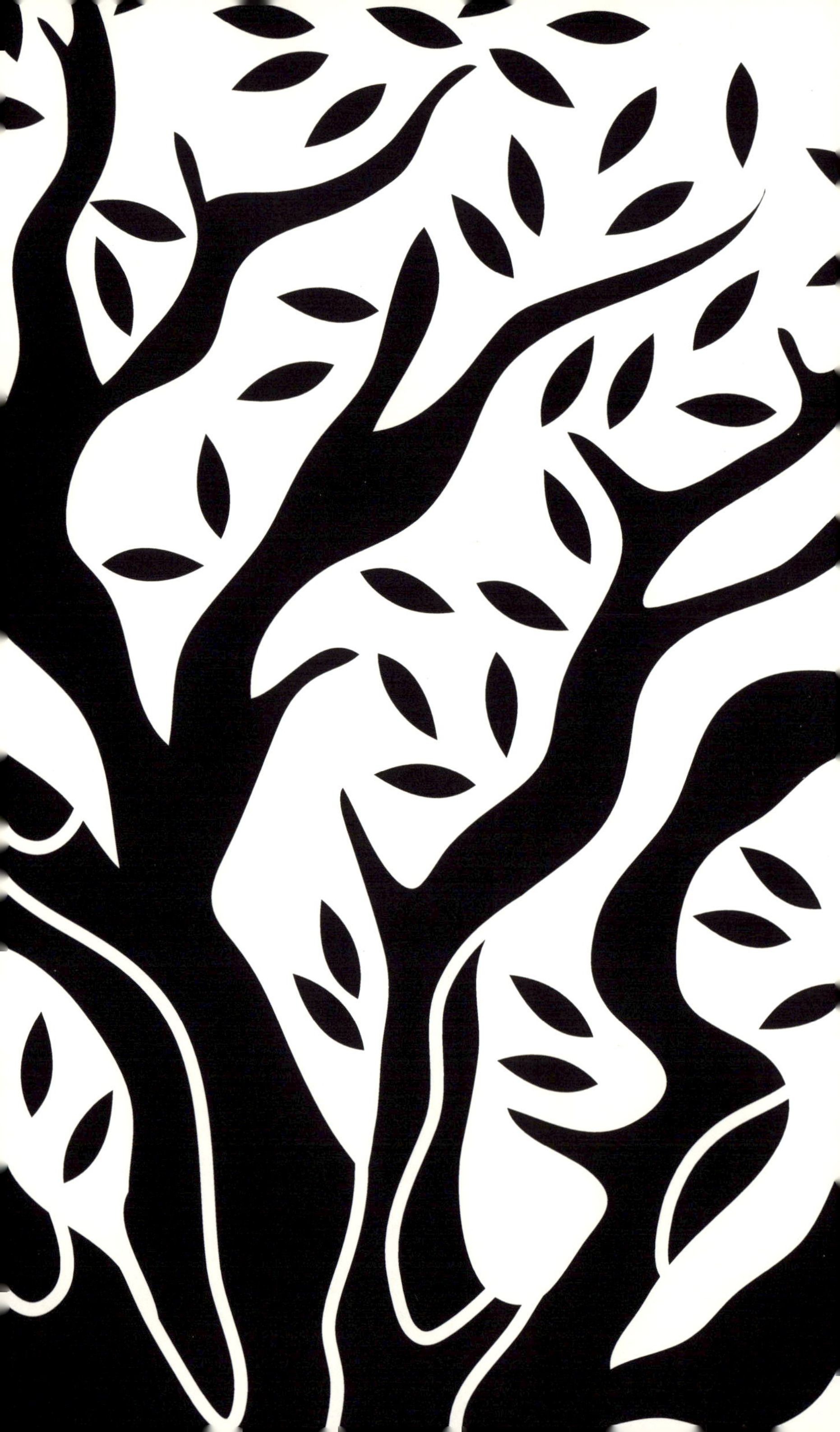

CULTURA COMO SENTIMENTO AGREGADOR DE SOLIDARIEDADE, CONVIVÊNCIA E LIBERDADE

Ara wara kosi me fara.
Este é um trecho de uma cantiga na língua iorubá que, no sentido metafórico, significa: "Todos juntos como um só corpo, nada no mundo será contra mim". Ou, ainda, "juntos, dificilmente seremos atingidos na nossa individualidade".

Quando, pela diáspora, os africanos escravizados foram espalhados pelo mundo, a imagem da África mãe emergiu como um ancestral comum, propiciando a criação de grupos que se organizaram em torno da vida material. Criando, dessa forma, sociedades e cantos de trabalho (grupos de trabalhadores autônomos) em torno da vida espiritual, cultivando juntos histórias e vivências como herança dos antepassados, cuja base é sempre a família, a ancestralidade e a Terra.

A cosmo percepção afro-brasileira, mais destacadamente os contos míticos apresentados neste livro, apontam a possibilidade transdisciplinar para compreensão do sentido da nossa territorialidade, nosso chão e tudo que possibilita reconhecer a identidade e a diversidade que beneficiam a inclusão. Identidade que é o sentimento de pertencer àquilo que nos pertence e que aproxima a tradição, as ciências, a filosofia, as artes, a psicologia, assim como a nossa história, as trocas materiais, espirituais, a ancestralidade e a vida na Terra.

O DOMA: GUARDIÃO DOS SABERES E SENTIDOS EPISTEMOLÓGICOS AFRODIASPÓRICOS

Na África tradicional, o Doma é considerado o guardião dos segredos da gênese cósmica e das ciências da vida, além de ser o mestre de si mesmo (Bâ, 1982). O Doma é o conhecedor de todas as histórias. Antes de iniciá-las, ele evoca os ancestrais com todo respeito, dizendo-lhes o que pretende falar com seus ouvintes. Quando se trata de transmitir conhecimentos para jovens e crianças, ele o faz considerando os seus saberes mais antigos e apropriados para o momento.

O conhecimento mais respeitado é o que é nutrido pela ancestralidade e está expresso nos contos criados para uma educação capaz de durar por toda a vida. Em algumas regiões do Continente africano, o *itan,* ou a história mítica da criação do universo e do homem, deve ser contado pelo Doma, que ressalta, na sua narração, princípios e valores para o autoconhecimento, socialização de saberes e convivências comunitárias.

Na verdade, através dos contos míticos, todos os saberes e conhecimentos são entregues pela necessidade daquele que aprende. Portanto, trata-se de transmitir conhecimentos desejados, criando pontes de forma integral e integrada. Na fala de Bâ (1982), o Doma como conhecedor não é um "especialista", e sim um "generalizador". Ele joga o jogo da natureza, que reúne partes que contêm a totalidade das coisas. Um tradicionalista, um Doma africano exercita a sua memória a ponto de obter resultados prodigiosos, possuindo conhecimentos não só de seu tempo, mas de todos os tempos. Tudo é ensinado, contado em forma de narrativas e histórias. Ainda é Bâ (1982), o tradicionalista africano, que afirma: na cultura africana, tudo é "História". A grande História da vida compreende a História da Terra e das águas (geografia), dos vegetais (botânica e farmacopeia), dos "Filhos do seio da Terra" (mineralogia e metais), dos astros (astronomia e astrologia), e assim por diante. Por exemplo, o mesmo velho conhecerá não apenas a ciência das plantas (suas propriedades boas e más), mas também da terra (as propriedades agrícolas ou medicinais dos diferentes tipos de solo), das águas, astronomia, cosmogonia, psicologia etc. Trata-se de uma ciência da vida, cujos conhecimentos sempre podem favorecer também uma utilização prática.

E quando falamos de ciências "iniciatórias" ou ocultas, termos que podem confundir o leitor racionalista, trata-se sempre, para a África tradicional, de uma ciência eminentemente prática. Uma ciência que consiste em saber como entrar em relação apropriada com as forças que sustentam o mundo visível e que podem ser colocadas a serviço da vida (Bâ, 1982). Segundo os tradicionalistas africanos, são os contos míticos que inserem o iniciado[6] na grande história da vida. Assim, o africano conta uma história e depois outra. Da mesma forma, há uma história cosmológica, no interior da qual há uma outra história de vida, onde, finalmente, pode ser encontrada a nossa própria história de vida vivente.

Seria impossível seguir adiante sem compreender a relação das Áfricas desconhecidas por nós e por nossas crianças, mesmo com a obrigatoriedade das Leis 10.639/03 e 11.645/08, que criam oportunidade para pensar o continente africano como nascente do mundo e da civilização humana. Consequentemente, nos encaminha a pensar o Brasil como um país de muitas faces e uma pluriculturalidade que aponta a cultura negra para fazer valer o que está escrito nas referidas leis, efetivadas com muita luta dos diversos movimentos do país.

A sua natureza não se confunde com a história dos países das pessoas do lado de cá e do lado de lá do Atlântico. Faço minhas as palavras da poesia de Luís Miguel, poeta angolano, com a sua fala repleta de força da palavra do kimbundu, sua língua materna cheia de significados. Entender a cultura africana, então, passa pela compreensão de palavras que jamais seriam traduzidas e só podem ser compreendi-

---

6   O termo não tem o mesmo sentido ocidentalizante.

das quando o sentido da sua presença nos discursos passar pelo coração.

Para o povo angolano, Mbondo[7] é uma árvore que tem valor similar ao nosso Iroco[8] e, como o Baobá, é uma árvore mãe que alimenta a cura e ampara. Recorro ao mapa do mundo, corro os olhos e me deleito no encantamento da busca do saber quem sou e de onde vim. E quando sinto as dores da minha pele preta, recorro à poesia, que também é minha. Onde estará o meu Mbondo?

> Mbondo estou raquítico de forças
> Dá-me algo
> da sua veia gordurenta.
> tenho cassenguenbo[9]
> traga-me ndembo tempo [10]
> e cure-me todas as feridas.
> Mbondo.
> Reveste-se novamente
> impeça ao raio solar de passar
> traga-nos sua sombra e deixe-nos repousar
> solenemente
> a toda hora sem guerrear.

O poema angolano me faz lembrar um dia que vai bem distante, quando eu pedi à Mãe Stella que me ensinasse como falar da nossa ancestralidade. Ela me chamou para a varanda de sua casa e mostrou um grande Iroco, planta

---

7   Árvore sagrada no continente africano (Angola).
8   Árvore sagrada.
9   Doença na língua.
10 Remédio para a cura de diversas doenças.

guardiã do terreiro, que se ergue imponente em frente à casa de Ogum. Com seu jeito sereno de falar, apontou a árvore e me disse mais ou menos isto: "Olha este Iroco. Repare nas suas raízes, são fortes e bem presas no chão. São assim como os nossos ancestrais. Eles nos encaminham e nos protegem". A mãe falou de raízes fincadas em qualquer lugar da África negra como sinal da nossa existência mais profunda, não importa em que parte do mundo estejamos. É como se tivéssemos um ancestral comum sempre. Somos únicos e diversos por natureza e origem. Ela continuou falando de uma árvore cujas raízes podem reaparecer bem distantes do seu lugar, mas o tronco somos nós todos, afrodiaspóricos juntos e fortalecidos.

Compreendi assim que nossa geração é responsável pelos que há de vir na forma de flores, frutos das árvores da vida. Somos responsáveis em assegurar às crianças e aos jovens o que nossos ancestrais nos asseguraram. O sentido do cuidado pelo outro e da agregação que nos reúne deste lado do Atlântico, sem perder de vista a consciência histórica que nos autoriza a reescrever o que nos foi doutrinado pelo colonizador.

Olho um lugar no continente africano e penso: De onde teria saído meu primeiro ancestral? Que homem e que mulher estão na minha origem? Quem foram aquele homem e aquela mulher que passaram pela floresta, desceram rio abaixo, atravessaram o Atlântico... e lá já estava eu como a semente trazida para este outro mundo?

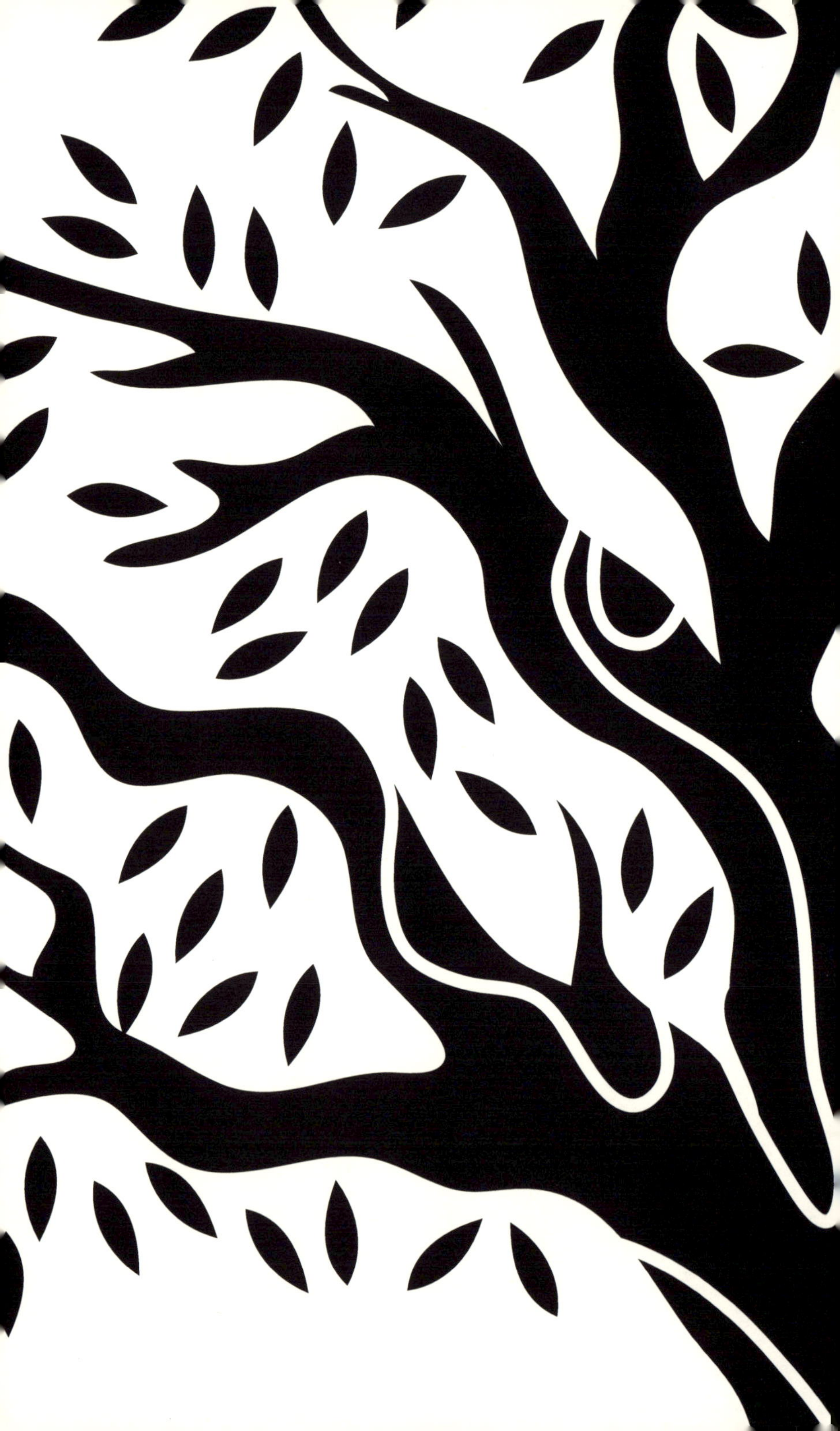

"EDUCAR É APRESENTAR A VIDA, E NÃO DIZER COMO VIVER"

As histórias míticas que contamos neste livro têm como um dos objetivos buscar compreensão deste novo tempo. Como é possível perceber, estamos vivendo entre dois tempos, um que ainda não terminou e outro que ainda não começou de todo. Entende-se assim que é preciso estabelecer novos paradigmas de convivência intergeracional entre nós e a natureza. O ser humano precisa sentir-se natureza porque somos de fato natureza viva. O que seria, na prática, pensar educação inclusiva para nossas crianças desde a primeira infância? Como educar promovendo encontros afetuosos, colando os ouvidos a toda realidade e olhando nos olhos como exercício de encontro, solidariedade e perspectiva de saúde mental na escola e na sociedade, sem perder de vista as tecnologias que avançam sem limites?

Importa, sim, buscar fontes inspiradoras em outras cosmopercepções para equilíbrio do planeta e orientação de sentidos para uma nova geração herdeira da nossa experiência. Uma experiência de ser capaz de se encantar com um novo sentido da construção de seres autônomos, afetuosos, solidários e coletivos.

O melhor aconteceu quando a consciência histórica me assegurou a condição de ser o meu próprio objeto de estudo. Como consequência, entendi também que ninguém se forma no vazio. A educação acontece a partir de vivências e de todo saber acumulado quando se estabelecem relações interpessoais e interpelativas com tudo que existe no mundo. Este é o princípio da educação como *educere*, um ato de extrair e expor o saber preexistente dentro de cada um. Nesta dialética interdependente, a subjetividade humana se projeta e se afirma. Esta é também parte da minha experiência particular. Eu estou sempre revolvendo os sentimentos mais antigos e profundos da minha criança negra que nunca foi rainha de nada; da jovem negra, sem amigas nem amigos, que morria de medo de ir a festas e não ser tirada para dançar.

A experiência acumulada aguça os meus sentidos, escavando esse meu interesse na busca da afirmação de quem sou eu. Quem foram os meus ancestrais que, sequestrados dos seus reinos, escolhidos entre os líderes, reis e rainhas, ou entre os mais fortes e hábeis guerreiros, ferreiros e mineradores, atravessaram florestas, ainda marcados pela imensidão do Atlântico, conviveram com os horrores da Casa Grande e das Senzalas, criando estratégias, fugindo do Capitão do Mato, refugiando-se nas matas. Viveram aquilombados sem nunca deixarem de se proteger mutuamente.

Inventaram formas de fugir da morte e, muitas vezes, tiveram que matar para não morrer. Resistindo sempre, fizeram-me caminhar até aqui com todo esse passado que insiste em continuar sendo o presente que é e eu não abraço de todo. Sinto que carregamos dentro de cada uma de nós, mulheres pretas, a semente da força das *iyabás*[11], as primeiras feministas do mundo, a coragem e astúcia de Moremi, mulher iorubana que salvou Ilê Ifé dos ataques do povo de Igbo (ibô).

Tudo no universo está em movimento constante e interconectado além de qualquer fronteira. A mitologia e todo pensamento africano, recriado no mundo das filosofias, nos contemplam com importantes reflexões sobre a profundidade da essência humana. Cada criança que nasce é um ancestral que regressa com uma origem sempre surpreendente. Nasce dotado de uma sacralidade e sabedoria que desconhecemos. Com o tempo, vai se mostrar como ser de participação, um ator social, um sujeito social, um ser da natureza que não alcançamos a sua condição de ser humano, mais do que suas circunstâncias materiais, porque possui um valor inalcançável.

Estamos sempre dançando na roda movente das subjetividades. E nesta ciranda, quem sou eu? Assim como um ser ancestral, sou uma mulher negra que voltou. Uma mãe preta, uma rainha ou uma quilombola, renascida da ancestralidade e enraizada nesta parte do mundo com possibilidades florescentes. Eu acredito. Não me vejo como uma árvore nascida isoladamente, mas, sim, como parte de uma floresta capaz de

---

11 Orixás femininos.

contribuir na oxigenação da minha comunidade. "Chegou o tempo de novas alianças, desde sempre firmadas, durante muito tempo ignoradas, entre a história dos homens, de suas sociedades, de seus saberes" (Prigogine; Stengers, 1984, p. 226).

Na escola, eu sempre tive dificuldade com os conceitos abstratos. A primeira lição que precisei decorar foi de geografia: estados e capitais do Brasil. Não foi bem uma lição de cor. Se fosse, passaria, pelo menos, por um mapa, o que não adiantaria o suficiente. Passei uma tarde inteira e entrei pela noite aprendendo a minha lição. Na manhã seguinte, diante da professora Edite, com as mãos trêmulas e suadas escondidas nas costas, recitei tudo que não tinha aprendido de verdade. Foi um exercício sofrido! Uma aprendizagem que não passou pelo coração, atravessou o meu cognitivo com um prazo de validade transitória. Quando nenhuma imagem vai associada à inteligência emocional, não acontece, de fato, a aprendizagem significativa. Mais que ao pensamento cartesiano, vale recorrer às linguagens das artes para qualquer aprendizagem. Acredito que somente a aprendizagem que passou pela minha emoção atingiu meu corpo inteiro e permanece criando possibilidades de me encontrar naquilo que eu aprendo, no que serve para a minha vida e que pode servir para a vida de crianças, de jovens, de educadoras e educadores.

Durante minha caminhada heurística, aprendendo e ensinando, a intenção mesmo foi me formar e formar pessoas, vivendo territorialidades construídas por antigas resistências e lutas pela liberdade, que continuam forjando identidades, buscando consenso e coesão. Não é fácil. O cuidado e o afeto se constituem em um movimento difícil e imprescindível para transformar cada ser humano, transformando a nossa humanidade essencial.

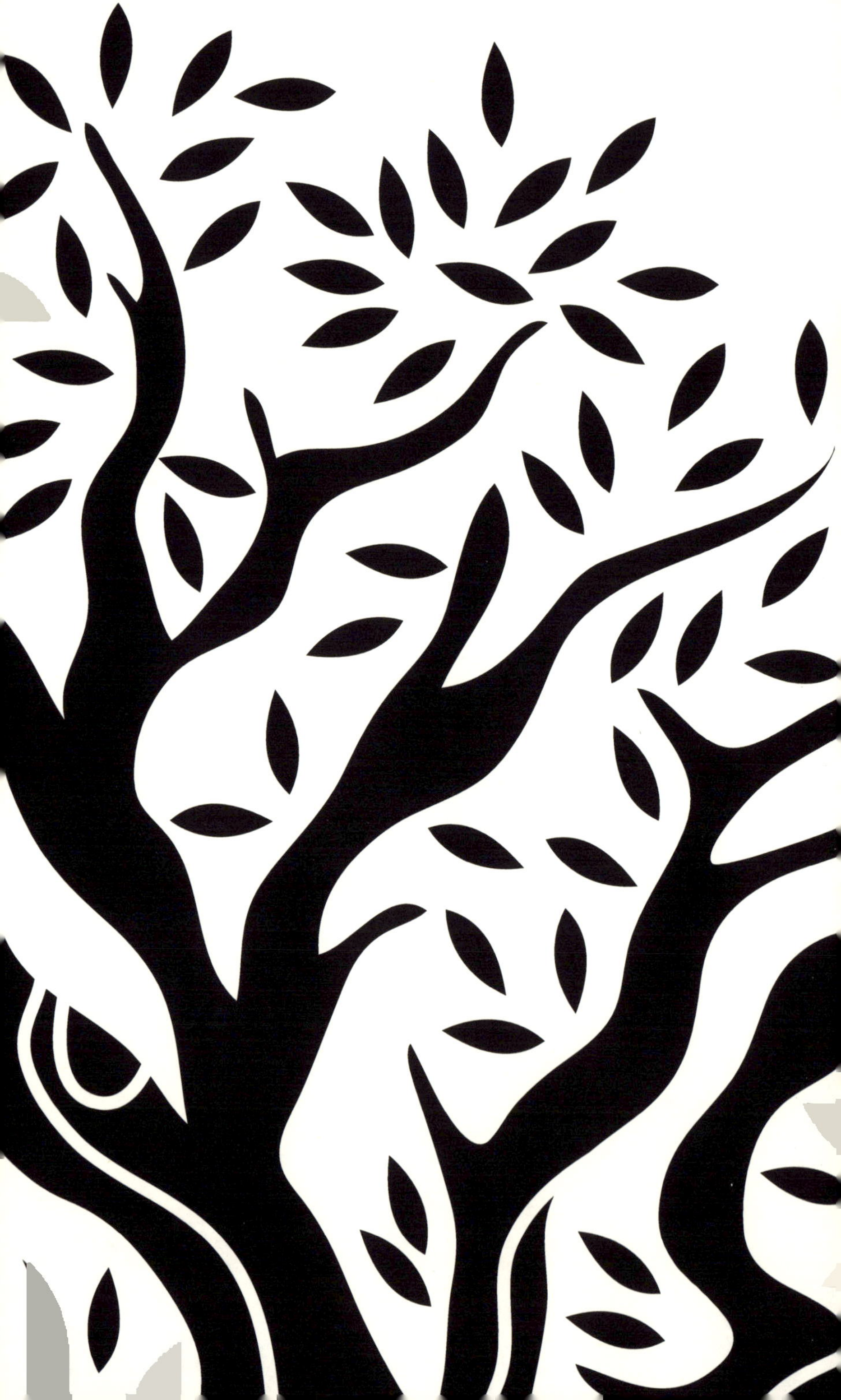

IRÊ AYÓ, UM PROJETO DE CAMINHOS, ENCONTROS E CELEBRAÇÕES

No que diz respeito ao Projeto Político-Pedagógico Irê Ayó, insisto na concepção de educação transdisciplinar e antirracista capaz de acolher o cuidado, o afeto, a escuta relacionada com a inclusão e a diversidade humana. "Cada ser humano é dono de um rosto e de um coração", mas é justamente no corpo inteiro que se estampa o que acolhemos ou rejeitamos. A criança é hábil nesta percepção, e a escola é nosso lugar também de troca de sentimentos. Contar ou escutar histórias é uma ação que envolve todo o corpo e sentidos de quem está sentado em uma roda, ou de quem está diante de nós em qualquer circunstância.

Trata-se da ressonância do cuidado ou de uma compaixão sem limites. Uma coisa é ser convidada para a festa, outra é ir e não ser tirada para dançar. Um olhar cuidadoso até pode dançar com o outro, mas a criança precisa muito mais do que um olhar, precisa de um outro corpo para dançar. A invisibilidade, a não inclusão dói muito e impede a valorização de si próprio. E como se trata de crianças menos articuladas com o seu grupo, isso se constitui em um sequestro de futuro sem volta. Neste momento, é necessário reconhecer e encorajar crianças em suas relações e viver a vida como lugar de todas as pessoas com direito a todas as trocas.

Houve um tempo em que eu queria ser definitivamente transparente. Eu não queria que as pessoas me vissem. Eu não existia nem para mim, nem para minhas professoras, muito menos para as outras meninas ou para os meninos com um corpo magricelo de menina preta e, muitas vezes, com os cabelos mal penteados. Foi muito longa a construção de minha própria imagem e o melhor jeito de existir para o mundo.

Tudo que é necessário para a vida só acontece com encontros e trocas. Trocar é uma espécie de palavra mágica que precisa ser lembrada sempre. Isso significa derrubar a ditadura da racionalidade fria e abstrata para dar lugar ao afeto e ao cuidado. Trocamos olhares, palavras... trocamos tudo o tempo todo. A vida é um lugar de trocas onde o que se adquire são diversas formas de energias trocadas, e não se incluem necessariamente ganhos. Todas as pessoas do mundo têm alguma coisa para trocar. Muitas vezes, as pessoas não tomam consciência dessa capacidade de troca, que inclui o que cada corpo tem e o que precisa receber. Não raro, precisamos de alguém para se sentar no mesmo banco e colocar a mão no ombro para trazer afeto, consolação, incentivo ou fazer brotar alguma esperança. Uma escola para crianças seria como um organismo vivo integrado e agradável. Com certeza, só é possível construirmos o mundo a partir também de encontros e laços afetivos. Laços com o poder de alimentar e embelezar a essência humana.

 Seria essa ressonância do olhar uma das possibilidades de educar para a restauração da inteireza humana, incluindo a aceitação da cultura e tradição do outro? Qual seria o efeito produzido pelas trocas afetivas e o reconhecimento essencial da necessidade da educação das relações étnico-raciais? Nessa perspectiva, como considerar novos paradigmas que anunciam uma democracia reveladora de uma conexão entre as pessoas, as histórias e as inteligências do mundo?

 Sem dúvida, o afeto também abre possibilidades para as sinergias solidárias. Seria possível incluir, além de conhecimentos, o brilho e a alegria das artes populares e os encontros culturais na educação de crianças também como possibilidades agregadoras? Ou trata-se ainda da necessidade de outra forma menos cartesiana de legislar para atender uma cultura ancestral e que abrace também as histórias e as folias brincantes das comunidades pretas?

 Mesmo antes da escravidão ser considerada abolida no Brasil, africanos e africanas recriaram celebrações como forma de reviver um passado remoto, brinquedos dançantes, mantendo sempre a memória de reis e rainhas com seus cortejos cheios de aparatos. São muitas memórias de um passado de liberdade que se conserva no espírito livre da gente negra como africanos da diáspora. Memórias que contam história de reis e rainhas, afloram a consciência histórica e fazem celebrar a vida cantando e dançando, como um sonho coletivo de liberdade que ainda é esperada na sua total contextualidade. A memória incluiu, além de princípios de liberdade, um manancial de valores ancestrais, identidades e diversidades culturais. A ausência do conhecimento da nossa história e da consciência política nos faz reféns de qualquer discurso manipulador.

O conhecimento implica também em criar vínculos de verdade, nos quais se incluem afetos e cuidados. Vivemos a consciência que, para construirmos alguma coisa boa neste país, precisamos ficar todos juntos: brancos, negros, indígenas e todas as pessoas excluídas, para que possamos legar às próximas gerações um Brasil melhor, um mundo melhor. Ou então a gente pode sentir vergonha das marcas deixadas para a próxima geração efetivar qualquer ação coletiva de valor. Pensar a vida no planeta e no cultivo da fruição da beleza, do sagrado e da fraternidade, e que tudo isso possa nascer das nossas comunidades e das nossas escolas. Seria maravilhoso uma escola que não se importasse tanto com os pensadores estrangeiros, que começasse a estudar também autoras e autores brasileiros, autoras e autores pretas e pretos, tivesse um jeito mais flexível de ser e que as mudanças não ocorressem por decretos não solicitados. Eu acredito em uma escola com vínculos afetivos importantes, na qual nenhuma educadora ou educador precise trabalhar três turnos para sobreviver. Sobre o conhecimento? Vai acontecer exatamente pelo encanto das subjetividades e formação de profissionais apaixonados por novos padrões de aprender e ensinar.

"Minha mãe é minha origem. Meu pai é minha origem
Olorun é minha origem. Todas as origens em mim."

Eu nasci em São Felipe, cidade fumageira do Recôncavo Baiano. Éramos cinco meninas, e eu sou a mais velha. As nossas brincadeiras aconteciam sempre fora da casa, no quintal, na rua ou misturadas com os afazeres dos adultos. Nós sentíamos muita curiosidade e alegria em mexer nas tintas que meus pais usavam para *encarnar* os santos (meus pais eram santeiros) ou nas panelas ainda no fogo do fogão à lenha. Era muito divertido colher frutas de época, pular corda, subir em árvores, e ainda havia o sítio da minha avó, que era o melhor lugar do mundo. A cerca de mandacaru nos fornecia as folhas para os nossos livros escritos com os espinhos da mesma planta que separava os quintais, mas não nos impedia de apanhar as laranjas no quintal do vizinho, apesar das advertências de Dona Idalina, a nossa mãe. Bom demais era a chegada da lua cheia! Para as crianças, era tempo de ficar na porta da rua e ouvir histórias e causos de quem chegasse. Os adultos, sentados na calçada, falavam da política local ou comentavam sobre a radionovela *O Direito de Nascer*, além de ouvir *Alma do Sertão*, programa de Luiz Gonzaga patrocinado pelo Colírio Moura Brasil. Para meu gosto, qualquer história era boa, mas eu preferia mesmo as de assombração. Depois ia dormir morrendo de medo.

Impossível esquecer de Eulina! Às vezes, ela aparecia para a esperada contação de histórias. Eram histórias de reis e rainhas, de casas mal-assombradas e bichos falantes. Eulina era uma mulher preta retinta com uma pele fina e brilhante. Sua voz parecia sair do coração, prendia a atenção da gente o tempo que quisesse. Ela aparecera na cidade acompanhando um bando de retirantes fugindo da seca do sertão. Tinha braços tão fortes que aguentava torrar e pilar café todos os dias da semana. Também lavava roupa e até cozinhava para as famílias mais abastadas da cidade. Eu nunca soube de onde viera. Um jeito de falar, um sorriso aberto que mostrava uma alegria contagiante, tirada não sei de onde. Era uma encantadora de crianças! Quando chegava a noitinha, depois de suas múltiplas atividades, era o momento de contar história para as crianças que chegassem. Naquela hora, ninguém faltava, ninguém chegava atrasado, ninguém dava um pio! Às vezes, ela dizia umas palavras com "muitos erres" e a gente não entendia, mas não fazia diferença. Nunca esqueci Eulina e suas histórias sempre interessantes e, muitas vezes, parecidas com a vida que a gente gostaria de ter, mas havia uma fantasia sem tamanho que jamais alcançaríamos nem em sonho.

    Como já falei, cheguei ao mundo na primeira metade do século passado, então vivi uma infância sem iluminação elétrica na minha cidade. Mas a vida era de pura alegria e proteção de toda vizinhança! Os adultos eram responsáveis por todas as crianças. No finalzinho da tarde, acendiam-se os candeeiros e as crianças finalmente corriam para dentro de suas casas. Sem a presença da lua, também podia acontecer que Seu Júlio, conhecido por Seu Júlio Lampião, trouxesse a alegria da noite. Ele aparecia à semelhança de um vagalume gigante, bem na saída da Rua do Paraguai, carregando o seu lampião a gás. De longe, acompanhávamos seus passos lentos até a chegada da luz que fazia a magia das nossas noites sem lua. Era bonito de se ver quando o lampião era elevado ritualisticamente até o topo do poste na esquina da rua Dr. José Joaquim Seabra, a nossa rua, também conhecida por Rua do Boi, o local por onde passavam as boiadas.

No tempo certo, acontecia a grande e esperada novidade: o aparecimento da lua. Cada pessoa, por suas razões, esperava com alegria a lua crescendo no céu, até surgir bem redonda, brilhante e cheia. Só havia um impedimento: nada de olhar a lua se ainda era dia para não se casar com homem velho. Na verdade, esperavam-se todas as luas. Era lua boa para plantação ou para colher. Sinhá Martinha chamava a atenção: "Este não é tempo de deitar galinha para chocar. Não vê que estamos na lua minguante? Assim não fica nem um só pinto pra contar o caso". E a mulher grávida? A velha olhava para a vizinha e, quase em oração, implorava: "Nossa Senhora do Bom Parto, que dê uma boa hora. Está chegando a lua cheia! Olha só a condição daquela barriga! A hora está chegando e ela não vai atravessar a lua crescente".

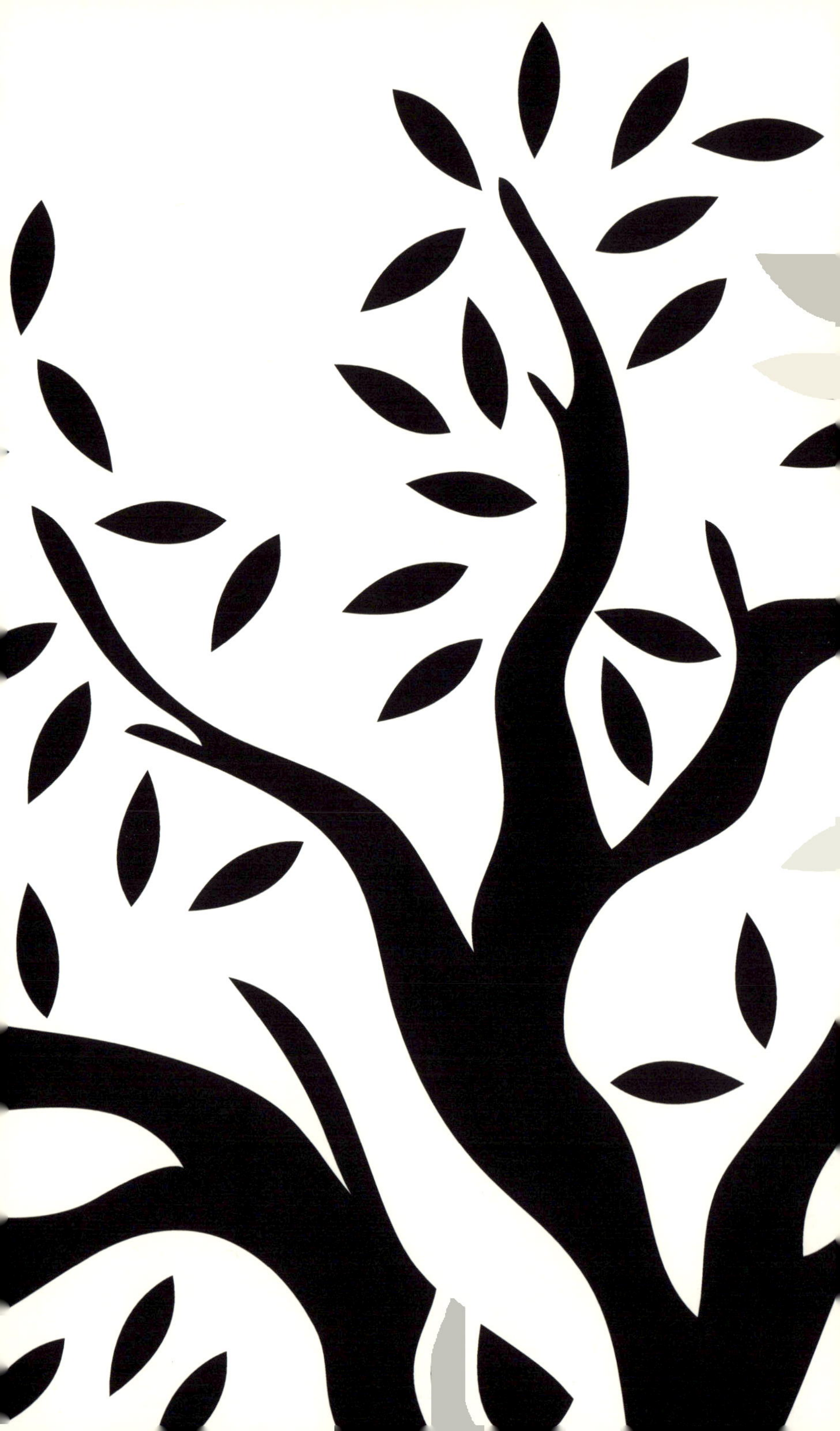

A FEIRA DE SÃO FELIPE: LUGAR DE ALEGRIAS, PROSAS, VENDAS, BARGANHAS E CANTORIAS

> *"Porque aprender não significa memorizar, mas compreender; isto não significa repetição, mas modificação de atitudes. Sob essa ótica, o aprender não está ligado às palavras, mas à apreciação do sentido."*

Mais tarde, nós, as cinco meninas de Dona Idalina e Seu Antônio Machado, fomos morar em frente ao Mercado Municipal, bem junto a nossa venda. Quase dentro da feira, presenciávamos muitas histórias, risadas, cantigas, o mercar das loiças feitas de barro pelas mãos franzinas de dona Tide e todas as novidades que uma feira pode oferecer.

Eu me divertia muito e aprendi a olhar e escutar com atenção os causos do povo da roça. Eu não perdia uma palavra. As duas meninas mais novas ficavam quase penduradas na janela da casa, olhando tudo que acontecia na feira. Outras duas iam para o quintal e faziam horrores que desesperavam a minha mãe quando descobria o que tinham destruído na casa e no quintal enquanto ela trabalhava. Eu, por ser a mais velha, tinha como obrigação ajudar no balcão da nossa venda de três portas. Aos sábados, dia do maior movimento por causa da feira, eu chegava bem cedo. Começava o batente com a minha mãe e só saía à noitinha, na hora de fechar a casa e contar a renda para, em seguida, rezar o Ofício de Nossa Senhora, que ainda tenho decoradinho na cabeça e no coração cheio de saudade de Dona Idalina. Depois, era dormir e esperar o domingo, que não tinha graça nenhuma. A nossa mãe não deixava passear na praça. Na segunda-feira, eu morria de vergonha das meninas que tinham brincado no jardim, a semelhança de uma revoada de borboletas coloridas.

Eu e minhas irmãs tínhamos sempre os olhos e ouvidos atentos para todo acontecimento do lugar. Ainda sobrava tempo para jogar capitão com as pedrinhas, que eram escondidas a qualquer sinal da presença de nossa mãe. Nunca entendi por que ela não gostava daquela brincadeira.

A vida da família mudou quando eu fiz oito anos e o nosso pai faleceu. Um câncer malvado o levou de volta para a sua morada ancestral. Em casa, não se ouvia mais música. O piano foi vendido e a vitrola também, com todos os discos. Era uma coleção de clássicos e valsas vienenses. Ainda tinha Luiz Gonzaga, Pixinguinha e Dolores Duran. Nada de presépio de Natal, muito menos participação nos bailes pastoris ou cordão de Carnaval.

Minha mãe, vivendo os seus vinte e sete anos de idade, com cinco meninas para criar, partiu para a luta. Éramos uma família de comerciantes. Além do ofício de santeira, aprendido com meu pai, minha mãe também abriu uma vendinha de secos e molhados. Na primeira feira depois da viagem ancestral de meu pai, minha mãe vestiu um avental de brim azul sobre o vestido preto de um luto que durou mais de cinco anos. Com o rosto marcado pelas lágrimas que o travesseiro não conseguiu secar, ela caminhou para o balcão das carnes secas, segurou firme uma faca do tipo peixeira e começou a atender a freguesia enquanto se podia ouvir, além dos pedidos das mercadorias, palavras de conforto e solidariedade.

Com o tempo passando, ali mesmo no balcão, ela me surpreendia com a alegria que voltava parcimoniosamente. Enquanto trabalhávamos, ouvíamos tristes e divertidas histórias da gente da roça. Minha mãe sempre dava um jeito quando se fazia necessária qualquer solução ou quando se tratava de queixas de qualquer qualidade. Cuidava de pessoas que perambulavam pelas ruas. De vez em quando, ela dava banhos, trocava roupas e os alimentava. São Felipe era um lugar de muitos ambulantes com deficiências mentais. Eram pretos e pretas traduzindo a razão histórica de um tempo que ainda existe na sua desumanidade. Minha mãe fazia curativos e aplicava injeções, e até me ensinou, mas eu não consegui acompanhá-la na sua complexa e variada missão solidária. Enquanto isso, aprendi o que é compaixão e como me deixar afetar pela dor alheia.

No balcão da venda, eu ouvia muitas histórias, às vezes engraçadas e enfeitadas com muitas mentiras e até humor, outras vezes eram narrativas de tristezas, fracassos, traições e desespero. Minha mãe também costumava trocar ideias com alguns amigos, falando mal dos políticos do lugar. Ela era uma pessoa muito crítica e engraçada também. Ficava séria quando ouvia notícias tristes ou muitas queixas. Eu escutava todo tipo de causos porque estava sempre por perto das alegrias, tristezas e dos conflitos que circundavam a vida dela.

Foi assim que aprendi o quanto é importante escutar e contar o que se escuta. Cedo, compreendi que a vida, em sua motivação, se manifesta durante a nossa existência plena de fantasias, mistérios e acontecimentos atípicos. É certo que, ao longo das nossas experiências, aprendemos a contar histórias para ensinar, encantar, convencer, desabafar ou fazer rir. História para ser desculpado, para comunicar fatos, sentimentos, mágoas e alegrias. E quando contamos histórias, passamos a fazer parte do acontecimento que estamos narrando. Somos partícipes de todas as histórias que contamos. Percebi, também, que o ato de contar histórias implica em compreender a dinâmica da vida que vivemos. As histórias e os silêncios que ouvimos na infância vão se misturando às nossas vivências e fantasias, que hoje constituem nossas memórias e lembranças de um tempo que nunca passa de todo.

A FAZENDA COPIOBA:
MEU TEMPO-ESPAÇO ANCESTRAL

A minha itinerância como educadora negra e as vivências culturais no terreiro Ilê Axé Opo Afonjá trouxeram à tona a memória de uma matriz africana vivida também com outras crianças pretas em um engenho de açúcar. Na fazenda da Dinha Iaiá e do meu Dinho Nicolau Barbosa, ganhei meus primeiros amigos e amigas, crianças parecidas comigo. Eu não entendia, mas os meninos e as meninas da cidade nunca brincavam comigo. Foi difícil compreender por que as pessoas de pele clara moravam na cidade e as negras moravam na roça. A minha família era uma exceção. Minha mãe era considerada branca e o meu pai era um negro que "dominava" as linguagens das artes. Fez teatro com o Padre Sadoc[12], tocava piano e encarnava santos,

---

12 Padre negro da Igreja São Cosme Damião, no Bairro da Liberdade, em Salvador.

enchendo a casa de um cheiro forte de tintas e cola. Nascemos cinco meninas negras. Não raro, ouvi a exclamação: "Idalina, êta mulher da barriga suja!". Por muito tempo eu refletia: "Então, eu sou filha da barriga de minha mãe com a sujeira de meu pai?". Até hoje ele é meu ídolo, mas o racismo me alcançou muito cedo.

Com o tempo, fiquei sabendo por que havia tantas crianças negras na casa da fazenda. Naquele tempo, morriam muitas mulheres no parto. A minha madrinha, Iaiá Pinheiro, também era parteira na fazenda. Ela atendia quase todas as mulheres do lugar. Quando não conseguia salvá-las, levava as crianças para a sua casa e criava junto a sua família biológica. Foram meus companheiros e companheiras na Primeira Comunhão na Fazenda Copioba. Ali mesmo aprendi a rezar e a escrever as primeiras letras com Dona Augusta, que ensinava as crianças moradoras da fazenda. Nós a tratávamos respeitosamente de Minha Mestra. Uma palmatória pendurada na parede indicava o seu melhor jeito de ensinar e de se aprender a tabuada.

Daquele lugar, eu olhava para um mundo sem fronteiras. Era tudo muito próximo: o Rio Copioba, a fonte onde tomávamos o banho no fim da tarde, o engenho de açúcar e sua tecnologia feita de madeira, movida por homens de braços pretos de poucos músculos. Ainda ouço a moenda, que rangia e transformava a cana em calda, mel e depois em açúcar ou rapadura. Ou a mandioca, que se transformava em uma pasta branca e, mais tarde, em beiju e farinha Copioba.

Na casa de farinha, um bando de mulheres pretas esparramadas pelo chão raspava a mandioca. O trabalho mais difícil era executado pela senhora da fazenda, Dona Iaiá Pinheiro. Ela seivava a mandioca em uma máquina rudimentar cheia de dentes de ferro, onde qualquer desatenção podia custar-lhe os dedos. Um dia, eu também ganhei um vestido velho e uma faquinha para imitar o trabalho de raspar a mandioca como as mulheres da fazenda. Uma experiência inesquecível para todos os meus sentidos.

Como esquecer o mugido da vaca perto da casa da fazenda, o cheiro de terra e de jasmim entrando pela casa adentro ou o vento forte que enchia a varanda de folhas secas? Toda vivência implicou em uma coexistência seminal de histórias, fatos, afetos e cuidado que se mesclaram, entrelaçando sentimentos, percepções e conhecimentos sempre. Continuo vivendo as subjetividades que não param de construir a minha identidade de mulher preta, mãe, avó, professora, iniciada no candomblé, acadêmica e ativista. Gosto muito de escrever do jeito como eu penso porque só assim sou capaz de dizer o que vivi.

Como se ainda não bastasse toda essa vivência estruturante, toda essa riqueza de vida, como excluir o sítio da minha avó Maria, que sempre foi o melhor lugar do mundo? Entendo que são justamente essas lembranças, retratos de memórias, que me possibilitam a compreensão de um saber relacional, quando meu corpo, território e ancestralidade se juntam para uma existência implicada numa complexa relação dialógica e transformante.

As subjetividades que embalaram a minha infância e as vivências na comunidade do Terreiro Ilê Axé Opo Afonjá, que ainda me encantam para outros paradigmas de aprender e ensinar. No exercício de educar, entendo a inclusão do pensamento africano, recriado na diáspora com suas histórias míticas como importantes ferramentas para uma educação com base em vivências antirracistas, o que pressupõe o cuidado ético em todas as relações do cotidiano escolar, em que se inclui o sagrado, e a criança é o centro onde se acumula reflexões.

Os fenômenos da cultura afrodiaspórica, em sua pluralidade, apresentam traços da tradição, que, agregados às práticas educacionais, chamam atenção para princípios e valores que vão inserir a criança ou o jovem além da história da comunidade, na grande história da vida. A ideia é como praticar um jeito de educar para as relações étnico-raciais, revelando valores criativos nas expressões mito-poéticas emanadas das suas manifestações culturais e seus modos de ser e estar no mundo, suas identidades e diversidades culturais que se esparramam em nosso país na sua dimensão continental. Através da cosmopercepção africana, a palavra ganha força, forma, sentido, significado e orientação para a vida. A palavra é vida, é ação, é jeito de aprender e de ensinar, ampliando as nossas potencialidades como círculos concêntricos. Com essa expectativa, nasceu a epistemologia afro-brasileira para o Projeto Político-Pedagógico Irê Ayó na Escola Municipal Eugênia Anna, no Terreiro Ilê Axé Opo Afonjá.

Contar histórias míticas, em muitos lugares do continente africano, constitui conteúdo para um jeito próprio de educar. As crianças, mesmo antes de irem para a escola, aprendem como as histórias se relacionam com a sua vida na comunidade e com os acontecimentos passados, valorizando como novidade as travessias e aventuras humanas dos seus ancestrais.

Os contos míticos encontrados neste livro têm a sua origem na sabedoria africana trazida pelos nossos ancestrais, mais precisamente para os terreiros. São histórias sem autorias. Histórias que foram contadas por gente preta e adaptadas porque evidenciam princípios ontológicos de origem africana, ou quando dizem respeito à convivência, solidariedade e afeto. Assim como princípios reveladores de identidades e reverência à família ancestral, inspirados nos valores primordiais e na coexistência dos saberes e das sabedorias. Uma efetiva manifestação da cultura africana se realiza a partir do apreço à figura da mãe, quase como uma entidade; também à reverência aos velhos e velhas, como portadores de conhecimentos. Além da preservação dos fazeres e saberes, costumes e histórias da comunidade e atenção para a educação de crianças e jovens. Dentre os princípios e valores da comunidade, está a manutenção da família como instituição básica da sociedade, onde também deve ser inserida a família ancestral.

CONTOS MÍTICOS, MEDIAÇÃO, COMPLEXIDADE E SABEDORIA

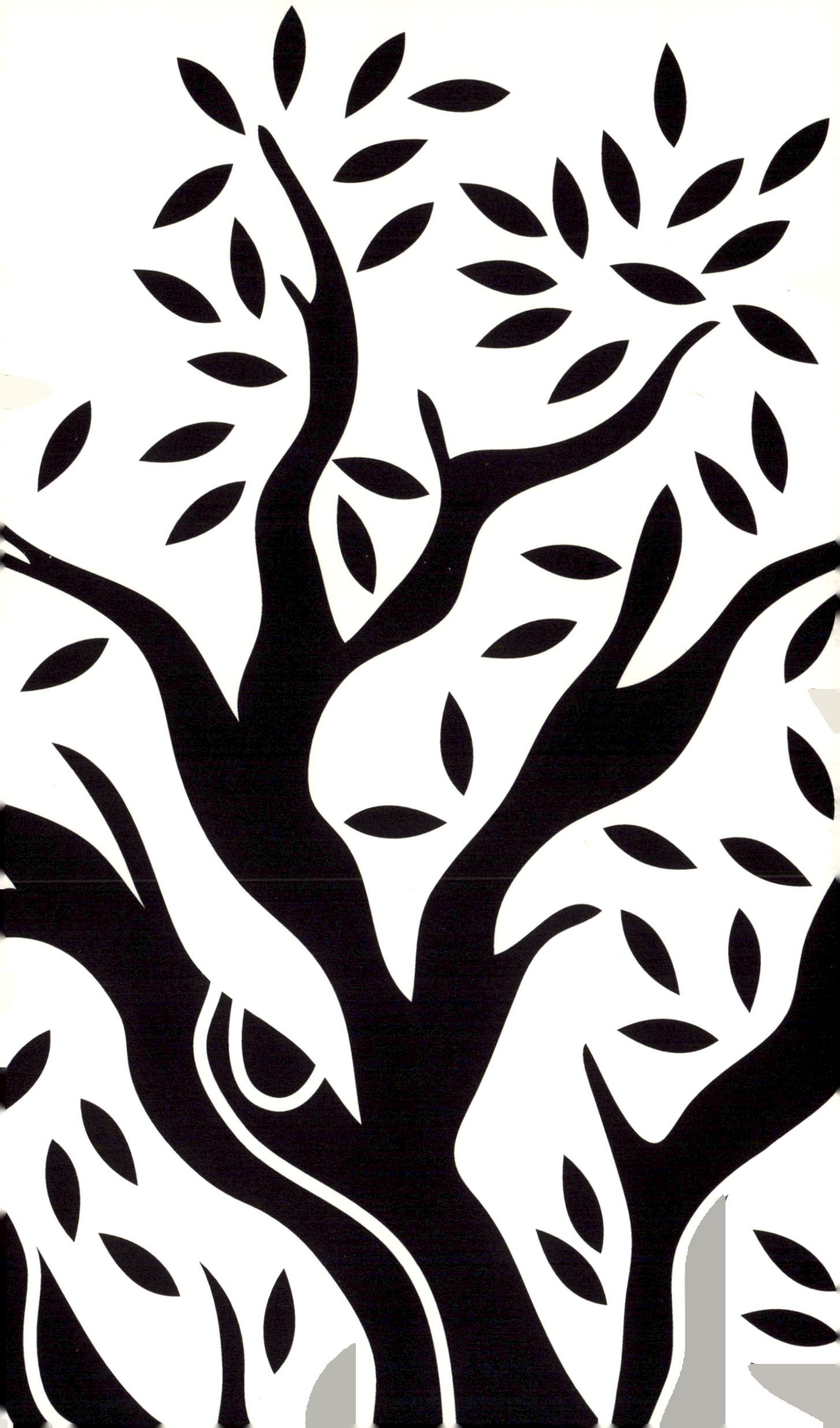

1. O ESPELHO DA VERDADE

Conta-se que no princípio havia uma única verdade no mundo. Entre o Orum[13] e o Aiyê[14], havia um espelho, e tudo que se mostrava no Orum, materializava-se no Aiyê. Ou seja, tudo que estava no mundo espiritual refletia exatamente no mundo material. Ninguém tinha a menor dúvida sobre os acontecimentos como verdades absolutas. Todo cuidado era pouco para não quebrar o espelho da verdade. O espelho ficava bem perto do Orum e bem próximo do Aiyê.

Naquele tempo, vivia no Aiyê uma jovem muito trabalhadora que se chamava Mahura. A jovem trabalhava dia e noite ajudando sua mãe a pilar inhames. Um dia, inadvertidamente, perdendo o controle do movimento ritmado da mão do pilão, tocou forte no espelho, que se espatifou

---

13 Mundo espiritual.
14 Mundo natural.

pelo mundo. Assustada, Mahura saiu desesperada para se desculpar com Olorum. Qual não foi a sua surpresa quando o encontrou tranquilamente deitado à sombra do Iroco[15]? Depois de ouvir suas desculpas com toda a atenção, declarou que, dado aquele acontecimento, daquele dia em diante, não existiria mais uma única verdade e concluiu: "De hoje em diante, quem encontrar um pedacinho de espelho em qualquer parte do mundo, encontrará apenas uma parte da verdade, porque o espelho reproduz apenas a imagem do lugar onde ele se encontra". [16]

---

15   Árvore considerada sagrada. No Brasil, foi substituída por gameleira branca.

16   História mítica adaptada por Vanda Machado e Carlos Petrovich para a *Cartilha Diversidade Religiosa e Direitos Humanos*. Secretaria Especial de Direitos Humanos, nov. 2004.

OS MITOS: UM CONHECIMENTO ANCESTRAL DA NATUREZA HUMANA

Se considerarmos o dicionário, o mito pode ser definido como tradição que, sob forma de alegoria, deixa entrever um fato natural ou histórico. O dicionário ainda nos diz que o mito é a história de um deus ou de um herói, ou de um acontecimento de origem ancestral. Os mitos são metáforas das potencialidades do ser humano. Isso significa que o herói mitológico sempre foi importante para a vida em sociedade.

A educação sempre privilegiou as mitologias grega e romana, mas silenciou a mitologia africana ou a reinventada no Brasil. Considerando, deste modo, a tradição cultural vivenciada nos terreiros na sua territorialidade, proporciona aos seus integrantes um guia indispensável para a organização de suas vidas. Uma comunidade, portanto, só pode ser entendida como um grupo de indivíduos portadores de reações afetivas agregadoras, solidárias e festivas, repetidas sempre como uma novidade. Essa é uma predição, é um requisito para qualquer espécie de vida organizada.

A porta para a entrada no mundo do conhecimento não pode ser apenas conteudista, objetivista ou analítica. Impossível a vida sem a capacidade de emocionar-se, de envolver-se e de sentir-se afetado. Afeto de quem se importa com o outro. Esse é um dos importantes valores expressos nos *itans* (contos míticos). É só despertá-lo nas convivências, estabelecendo laços de empatia, dedicação e cuidado. A lógica dessa reflexão se apresenta justamente no sentido de substituir a indiferença e o individualismo pela solidariedade e o afeto.

Estou tratando de contos sagrados, mitos de criação de uma matriz para a vida em comunidade. Os mitos contêm ritos para a iluminação do corpo e do espírito. São histórias de lutas, narrativas genealógicas e de outros temas iniciáticos. De fato, todos os mitos são considerados iniciáticos. O mito se constitui também através de dimensões e paradigmas da experiência humana.

Tomamos, por exemplo, os mitos de orixás, da água, do ar, da terra e da vegetação, que constituem um eficiente exemplo de transformação e de valorização como acontecimento cósmico e "natural". Daí é que consideramos cada mito com a sua lógica própria, que lhes permite ser verdadeiros, por mais afastados que estejam do plano que originariamente se julga.

Pode-se dizer que, paralelamente às experiências culturais-pedagógicas vivenciadas na escola, o mito reintegra a criança numa época atemporal. Não há mito que não seja uma história, visto que conta aspectos de um tempo passado. A exemplo, apontamos o calendário de festa das comunidades de terreiro, quando os acontecimentos mais remotos são trazidos para o momento presente, cantamos e dançamos mitos, vivenciando a lógica do cuidado e da inclusão.

Diante da ideia de reterritorialização, trata-se do encontro entre memória, tempo e ação. Importante salientar que esses mitos são também cantados e dançados para louvar as divindades, sempre exaltando seus feitos heroicos. No xirê, corpos se movimentam e as histórias ganham vida como nos feitos concretos mais remotos das comunidades afrodiaspóricas que se espalharam e se protegeram mutuamente.

Vale ressaltar que não se trata de uma história na acepção do termo, e sim de uma história exemplar que pode repetir-se periodicamente ou não, tendo o sentido e o valor na própria repetição. Entende-se que os mitos são ricos pelo seu conteúdo, que, além de exemplar, oferece um sentido lógico, criando situações para a aprendizagem significativa de crianças da comunidade.

O mito, na sua operacionalização como prática pedagógica, além de anunciar a possibilidade de aprendizagem significativa, ativa o sentido da convivência e organização para a vida comunitária. Também importa a possibilidade de vivências pedagógicas, além de considerar o projeto pedagógico e suas linhas norteadoras: saúde integral, ética, afeto, solidariedade, cidadania, linguagens, arte, meio ambiente e antirracismo, além da origem histórica e política da formação do povo brasileiro.

Finalmente, a mitologia de origem afrodiaspórica, no seu encantamento, nos afeta e ensina o que está por trás da oralitura e das artes. O mito ensina a vida. Ensina ainda a ter metas, projetos de vida e passa pela consciência de estar aberto e atento às possibilidades de transformação, de modo que as experiências de vida possam sair do plano puramente físico e ter ressonância no interior do nosso ser e de nossa realidade mais interna.

"Pense diferente e as coisas começam a mudar."
(Steve Biko)

2. A GALINHA CONQUÉM

Conta-se que no início do mundo, quando todos os bichos falavam, as árvores, as pessoas... todos procuravam se comunicar e se entender do melhor jeito possível. Sendo assim, muita coisa podia ser resolvida com uma boa conversa.

No princípio do mundo, uma conquém que vivia ciscando e olhando apenas para o que fazia, sem se envolver com ninguém, passava o dia todinho a reclamar: "Tô fraco! Tô fraco! Tô fraco!". A sua cor era cinzenta e não tinha graça nenhuma.

Pobre conquém, nada de novo acontecia na sua vida. E cada dia ela ficava mais insatisfeita e zangada. Certa vez, ela mesma compreendeu que estava demais. A solidão lhe fazia cada dia mais triste e afastada de sua comunidade. Era necessário transformar aquela situação.

A conquém, então, lembrou que ali perto morava um Oluô. O Oluô era uma pessoa que vivia dando conselhos a todos que o procuravam. Ela resolveu ir procurá-lo também, para receber orientação sobre o que estava acontecendo em sua vida.

Ela vivia muito nervosa. De longe, ouviam-se seus gritos: "Tô fraco! Tô fraco! Tô fraco!", até que o Oluô a recebeu. Depois de ouvir atentamente as suas queixas, ele falou pausadamente:

— Todo seu problema é este seu jeito horrível de tratar as pessoas. O meu conselho é que você mude os seus hábitos e suas atitudes imediatamente. Tratar bem as pessoas traz alegria e bem-estar. Preste atenção em cada pessoa, principalmente naquelas que você encontrar pela primeira vez. O afeto é muito importante para a convivência. Vou lhe ensinar umas palavras mágicas e você vai ver como tudo vai se transformar.

A conquém estava muito mal mesmo, pensava e gritava:

— Eu quero me transformar. Eu vou mudar. Eu vou me importar com os outros. — Agradecida, deu um punhado de cauri (búzios) ao Oluô e partiu.

Já na manhã seguinte, quando despertou, foi olhando para a cajazeira, cumprimentando-a:

— *Kaaró*.

— *Kaaró ô!* — a cajazeira, espantada, respondeu.

Mais adiante, ela encontrou dois patinhos que estavam no seu caminho e falou antes de passar entre eles:

— *Agô!*

Eles deram passagem à nova amiga, respondendo como de costume: — *Ago ya!*

Um grupo de conquéns passou apressado para o trabalho e ela desejou simpaticamente:

— *Ku ixé.*

— *Adupé ô!* — o grupo também agradeceu, em coro.

Na verdade, aquele dia parecia completamente diferente de todos os dias de sua vida. Ela parou um pouco, já no caminho da casa. Era noite, e todos olhavam como se a vissem pela primeira vez. Ela foi logo cumprimentando a turma com a maior cortesia:

— *Kaalé!*

— *Kaale ô* — todos responderam.

Depois de um pouquinho de prosa, na hora da despedida, a conquém falou com alegria:

— *Adolá!*

— *Adolá ô!* — todos disseram em coro.

Foi tanta transformação que, no dia seguinte, ela encontrou um velhinho que caminhava bem devagar na sua frente. O velhinho era Oxalá. Acostumada a não dar atenção às pessoas, nem o reconheceu, mas o tratou com ternura e educação. E tudo o que ela trazia consigo, entregou um pouco para o velho. Imagine como Oxalá ficou contente ao receber tanta atenção da conquém!

Foi aí que, para demonstrar seu agrado, ele tirou da sua bolsa um pó mágico e pintou a conquém todinha com umas bolinhas brancas. Depois pegou um montinho de barro, pintou de azul, vermelho e branco e colocou no cocuruto da conquém. Assim, ela ficou marcada para sempre como bicho de predileção de Oxalá. A partir daquele dia, todos buscavam sua companhia, conversavam muito com ela e sempre se despediam com muita alegria pelo encontro. Logo se percebeu que em todas as conquéns do mundo apareceram as pintinhas brancas dadas por Oxalá. Foi aí que se juntaram todos e fizeram uma grande roda cantando:

— Ê alá! Ê alá! Ê alá ê! Ê! Alá!

Contos míticos: caminho de cuidado, diálogos e organização de conhecimentos

O primeiro parágrafo do conto mítico "A Galinha Conquém" introduz a possibilidade de diálogo ou de uma boa conversa que indica a presença de afeto e interação grupal, ou outras formas de relação com as pessoas e com a vida. Nesse contexto, podem ser encontrados modos de convivência, como vivências organizadas nas relações escolares e, possivelmente, na comunidade e na família. Ainda quanto à referência a uma boa conversa no texto, é importante identificar diálogos produtivos. Uma boa conversa implica na educação de seres transformadores. A progressiva autonomia que se espera no desempenho da criança depende de suas possibilidades cognitivas, mas também do seu sentimento e da sua relação com as pessoas, com a natureza e com os diversos saberes.

Atitudes recomendadas como perspectiva para aprendizagem significativa cabem nos conteúdos gerais propostos para o exercício de convivência e diálogo. Por exemplo, interesse por ouvir e manifestar sentimentos, experiências, ideias e opiniões; preocupação com a comunicação nos intercâmbios: fazer-se compreender e procurar compreender os outros para o diálogo; segurança na defesa de argumentos próprios e flexibilidade para modificá-los, quando for o caso.

A prática da narração dos mitos e o diálogo cria a possibilidade de as crianças se tornarem ouvintes. E o ato de escutar cria, naturalmente, uma percepção ampliada, uma das condições para um ser transformador. A criança que ouve, compreende, associa e organiza ideias, também aprende a dialogar, selecionando e expressando seus pensamentos e emoções.

É imprescindível atentar para o fato de que toda essa história da fala e da escuta da criança passa por um momento que é decisivo na sua vida. O momento da aceitação da autoimagem, do gosto por si mesma, por sua família e por sua comunidade.

A criança, quando tem sua presença qualificada, quando se sente livre para expressar o que pensa, sem restrição ao seu grupo cultural, amplia sua leitura de mundo. Modelos exemplares, mitológicos, históricos ou da sua convivência podem ajudá-la nas suas decisões de ser no mundo. É nesse contexto que acontece de a criança receber o respeito a sua diferença. Acreditamos que trabalhar com contos afro-brasileiros como prática educativa pode se constituir em uma das possibilidades de se fazer configurar, finalmente, a identidade e a consciência pluricultural na escola, que atingirá seu objetivo de construir uma educação antirracista.

Os mitos favorecem a construção da identidade da criança afrodescendente, permitindo-lhe a condição de ser, pertencer e participar solidariamente de seu grupo étnico, reconhecendo os valores coletivos. O exemplo positivo e estímulo na participação comunitária, carregada de uma constelação de valores, reflete as estruturas das sociedades africanas tradicionais.

O comportamento solidário encontrado nos mitos, até nas situações paradoxais, se constitui de bens coletivos. Acreditamos no seu funcionamento como perspectiva de transformar a educação das relações étnico-raciais para o ensino de História e Cultura Afro-Brasileira e Africana em uma possibilidade de a criança ganhar respeito a sua diferença. Conquistando, assim, visibilidade, expressando o conhecimento de pessoas negras que se transformam em símbolos poderosos capazes de produzir e cristalizar energias coletivas e falar ao mais profundo das pessoas. É possível fazer configurar, finalmente, a identidade e a consciência pluricultural na escola, que atingirá seu objetivo de construir cidadãos autônomos solidários e coletivos.

Estimamos que, de um modo geral, os contos míticos, mais que as ciências e as filosofias, encerram junto com as religiões a elucidação da essência humana. Quando se propõe um trabalho com esse conteúdo, precisamos ter a consciência de que não estamos diante de uma ação utopista. Trata-se, entretanto, de uma utopia realizável. O ser humano constrói a sua existência gradualmente, e cada um ao seu tempo. Corpo, espírito, aprendizagem e ancestralidade coexistem de modo profundo e compõem a rede das nossas subjetividades.

Importante é considerar também a necessidade de acreditar no potencial da criança, no poder transformador pela autoestima e na confiança de caminhar com seus projetos de vida. Reconheçamos que a aprendizagem avança por meio de sucessivas organizações do conhecimento e que esta construção acontece a partir de uma motivação genuína. Uma motivação que propicia a criança derramar-se de corpo e alma nas suas vivências, seja em forma de texto, reconto, colagem, pintura ou dramatização. Trata-se, portanto, de um processo de lapidação dos sentimentos mais nobres e essenciais.

Partindo desse princípio, a história da galinha conquém, por exemplo, não é só uma figura de um mito. A conquém, nesse conto, organiza valores, normas, atitudes e afetos. O que não é possível conseguir com discursos e explanações, pode-se alcançar com o auxílio de um instrumento milenar, o mito, a história, a oralitura e as artes. A educação de crianças não se sustenta sem as linguagens das artes.

Os valores, normas e atitudes recomendados como perspectiva para práticas pedagógicas e aprendizagem significativa cabem certinho nos conteúdos gerais de conhecimentos e proposta do exercício de convivência e diálogo. A exemplo, podemos observar o interesse por ouvir e manifestar sentimentos, experiências, ideias e opiniões. O crescimento interior se desenvolve mediante a comunicação dos intercâmbios e das relações subjetivas quando se pressupõe também a busca do autoconhecimento, o cuidado ético em todas as formas de ações e das relações sociopolíticas na convivência cotidiana.

O mais importante acontece quando se procura compreender outras falas para o diálogo, segurança na defesa de argumentos próprios e flexibilidade para modificá-los quando for o caso. O primeiro parágrafo do conto mítico "A Galinha Conquém" introduz ao diálogo ou a uma boa conversa. Indica a interação grupal, possibilitando outras formas de relação com as pessoas e com a vida.

A compreensão de nós mesmos nos conduz a tomar consciência, perceber e discernir com mais intensidade os limites e ignorâncias. Essa perspectiva pode propiciar modos de convivência e vivências organizadas nas relações escolares e, possivelmente, nas comunidades.

Quanto à referência a uma boa conversa no texto, é importante identificar a probabilidade de diálogos produtivos. Uma boa conversa implica na educação de seres transformadores e na progressiva autonomia que se espera no desempenho da criança na comunidade, suas possibilidades cognitivas e o seu sentimento e sua relação com os diversos saberes. A prática da narração dos mitos e o diálogo a respeito criam a oportunidade de as crianças se tornarem ouvintes, já o fato de escutar cria naturalmente uma percepção ampliada. Nesse caso, efetiva-se uma das condições que facilitam o sentido de um ser transformador. A criança que ouve, compreende, associa e organiza ideias, aprende a dialogar, expressando também seus sentimentos e emoções.

É imprescindível atentar para o fato de que todo esse assunto aborda a fala e a escuta da criança e passa por um momento que é decisivo na sua vida: a aceitação da autoimagem, do gosto por si mesma, por sua fala, por sua família e por sua comunidade. Quando tem a sua presença qualificada e se sente livre para expressar o que pensa, sem restrição ao seu grupo cultural, a criança amplia sua leitura de mundo.

Modelos exemplares mitológicos e históricos de convivência podem ajudar a criança nas suas decisões de ser no mundo. É nesse cenário que acontece de a criança receber a qualificação e respeito a sua diferença, ganhando visibilidade e podendo ser considerada por um outro modo de perceber, sentir e compreender o mundo. Trabalhar com os mitos, como prática educativa, pode se constituir em uma das possibilidades de se fazer configurar a identidade e a consciência da diversidade na escola. Os mitos de matriz cultural africana favorecem a construção da identidade da criança afrodescendente, permitindo-lhe a condição de ser, pertencer e participar do seu grupo, reconhecendo sua história e os valores da sua comunidade.

O comportamento solidário, o importar-se com o outro pode ser traduzido como afeto e possibilitar exemplos positivos e estímulos para a convivência comunitária. Os mitos, até nas situações paradoxais, se constituem de bens coletivos, e acreditamos no seu funcionamento como perspectiva de transformar a educação das relações étnico--raciais para o ensino de História e Cultura Afro-brasileira e Africana em uma possibilidade de a criança ganhar qualificação e respeito a sua diferença, conquistando visibilidade, expressando-se e sentindo-se considerada. A configuração gradual da identidade e a consciência da pluricultura, quando se intercruzam, tornam possível atingir ações transformadoras para uma escola e uma sociedade inclusivas e antirracistas.

3. CRIAÇÃO DE ILÈ IFÉ, O LUGAR MAIS ANTIGO DO MUNDO

Conta uma história que, em tempos muito remotos, o mundo era todo pantanoso e cheio de água, um lugar desperdiçado e sem vida. Sobre ele, estava o Orum, onde vivia Olodumare com outras divindades. Os deuses vinham brincar nos pântanos, descendo em teias de aranha que se estendiam sobre grandes precipícios, como pontes etéreas. Nessa altura, ainda não havia homens, pois não existiam solos enxutos e sólidos. Não havia a terra. Um dia, Olodumare chamou o chefe das divindades, Obatalá, à sua presença e disse-lhe que pretendia criar a terra e que ele estava encarregado desta tarefa.

O Grande Obatalá recebeu de Olodumare uma casca de caracol cheia de uma massa preta, um pombo e uma galinha com cinco dedos. Desceu do Orun em teia de aranha e deitou a massa preta da casca de caracol sobre um pequeno espaço no pântano. Em seguida, colocou o pombo e a galinha sobre a terra, que começaram a espalhar a massa imediatamente, até que se formasse terreno sólido. O local onde se iniciou a criação foi chamado Ifé. Mais tarde, juntou-se à palavra Ilê, que significa casa em iorubá, para mostrar que se tratava de lugar de habitar. E foi deste lugar que surgiram todas as civilizações do mundo. Desde então, Ilê Ifè passou a ser a cidade mais sagrada do povo iorubá. Obatalá foi encarregado de plantar as árvores para dar, mais tarde, alimento para os homens que foram criados. Obatalá também foi encarregado de modelar os seres humanos com o barro da terra. A tarefa de dar a vida, porém, ficou reservada para Olodumare, que deu o sopro da vida aos novos seres viventes.

SALVE AS FOLHAS!

"Sem folha não tem sonho
Sem folha não tem festa
Sem folha não tem vida
Sem folha não tem nada

Eu guardo a luz das estrelas
A alma de cada folha
Sou Aroni"
(Ildásio Tavares/ Gerônimo)

A epistemologia da complexidade nos dá conta de uma visão sistêmica onde a saúde não se limita exclusivamente à ausência de doenças. É possível que o corpo seja fragilizado também diante da aproximação de uma ausência de condições sociais e psicoemocionais, que nos acomete com o risco de outras enfermidades, onde se incluem as doenças mentais.

Zohar (1990, p. 293) enfatiza o nosso relacionamento dinâmico como base de tudo que existe. Diz que "nosso mundo surge através de um diálogo recíproco criativo entre a mente e o corpo (...) entre o indivíduo e seu contexto material e pessoal, entre a cultura e o mundo da natureza". Lidando com os vegetais, as plantas medicinais e/ou litúrgicas como promoção de autocuidados preventivos, as folhas nos proporcionam cuidar do nosso *orí* (cabeça), do *ará* (corpo) e do mundo em que vivemos. Nos terreiros, aprendemos a importância de estarmos mais próximos da natureza e das ervas, onde o cuidado com o corpo e com a espiritualidade acontece de modo preventivo e curativo.

Tão importante quanto o mundo, que nos presenteia com todos os elementos que nos mantêm vivos, é o que recebemos com troca de afetos quando uma pessoa ou um grupo se importa com o outro em qualquer circunstância. Um abraço nos chega como um presente valioso e alimenta a nossa saúde mental. O abraço, os ouvidos abertos com ausência total de julgamentos, encharcados de afeto de ternura, traz a confiança de "como um menino confia em outro menino".

Acredito na importância dos projetos como práticas pedagógicas. Cada um desses contos pode propiciar às crianças, desde a primeira infância, a compreensão de um sentido mais profundo e complexo dos eventos no seu ambiente e de experiências vividas que merecem sua atenção. Projetos com mitos encorajam as crianças a tomarem as suas próprias decisões, geralmente em colaboração com os colegas sobre o trabalho a ser realizado. Percebemos, ainda, que experiências pedagógicas na relação com eventos comunitários criam a autoconfiança nas crianças, demonstrando curiosidade para novos conhecimentos.

4. OSSAIN, O ORIXÁ DAS FOLHAS, E OGUM[17]

Foi no princípio do mundo que se passou esta história.

Ogum, um dos primeiros guerreiros do mundo, depois de comandar a limpeza e transformação de muitos caminhos, ficava exausto no fim do dia. Naquele momento, ele entendia que precisava refazer as suas forças.

Ogum, então, entrava na mata, andava, andava, andava... sempre em busca das águas da cachoeira dourada. E quando ele chegava do outro lado da floresta, banhava-se na cachoeira e já estava restaurado. Refeito do cansaço, voltava para reiniciar a luta de sempre.

Certa vez, ele cumpria esse mesmo ritual, porém estava mais cansado do que nos outros dias, então se sentou embaixo de um grande Iroco e ali adormeceu. Ele dormiu profundamente, até que a noite chegou.

---

17 Conto mítico inventado por Vanda Machado e Carlos Petrovich.

Lá para as tantas, Ogum abriu os olhos e viu que era noite alta.

— Fazer o quê?

Ogum acomodou-se na raiz do Iroco para esperar o dia amanhecer. De repente, naquela escuridão, surgiu uma luz verdinha, verdinha... bem lá no alto. A luz bem verdinha que brilhava, brilhava muito, parecia surgir do centro do mundo.

Ogum continuou a olhar a luzinha que agora pulava de galho em galho do majestoso Iroco. Desconfiado, ele olhou bem firme para a luz verde cada vez mais próxima e brilhante.

— Ei! Você que está aí, quem é você? O que você está fazendo aí, pulando de galho em galho? Este lugar é seu?

— Então, Ogum, você não me reconhece? Olhe bem para mim. Você não sabe quem eu sou?

Ogum, já impaciente, com a mão na espada, falou forte com a luz verde.

— Eu não consigo reconhecê-lo. Diga logo, quem é você?

A luz verdinha, saltitante, pulava para a direita, pulava para a esquerda, pulava para frente, pulava para trás. Até que foi para bem perto dele e falou com tranquilidade:

— Ogum, olhe para mim. Veja, eu sou Ossain, o orixá das folhas e da saúde. Eu fico no mato o tempo todo. Eu não posso me afastar daqui, nem de dia, nem de noite, por isso estou desta cor. Você sabe, Ogum, sou eu quem olha e protege essas árvores. Sou eu quem guarda o segredo de cada folha. Os homens me procuram em cada folha, mas eu só me mostro para aqueles que merecem.

Ogum reconheceu o orixá Ossain e o saudou com sua voz bem forte:

— *Ewê ô, Ewê ô.*

E a floresta toda acordou, respondendo:

— *Ewê ô, Ewê ô.*

Ossain apontou para um lado.

— Veja lá, Ogum, o sol já está chegando. Agora devo deixá-lo. Preciso cuidar para que cada folha receba o calor dos raios do sol. Todo dia, nesta mesma hora, acontece este encontro da vida. Veja, neste instante, tudo começa a dançar com a força do sol. As folhas, os pássaros, os animais e todos os bichinhos da floresta. Veja agora, está se formando uma grande roda iluminada.

Ogum dançava na frente e foi o primeiro a sair da roda. Caminhando, saiu da floresta levando a sabedoria de Ossain e o axé, encanto de um novo dia.

E ouviu-se durante muito tempo naquela manhã o canto do trabalho encantado de Ossain: "*Ewe ô! Ewe ô! Ewe ô! Ewe ô!*", que é a saudação a este orixá.

5. OKÔ[18], O SENHOR DAS PLANTAÇÕES

Quando o mundo foi criado, durante muito tempo, não existia nada plantado pelo homem. Aqui morava um orixá chamado Okô. Este nome ele recebeu de Olorum.

Um dia, Olorum chamou esse velho caçador e disse:

— Olhe, eu criei o mundo, porém faltam as plantações e eu quero que você assuma esta tarefa. Plantar é uma função muito especial para a construção do mundo. Eu preciso terminar um trabalho que comecei, portanto, preciso da sua ajuda. E tem mais, eu quero um mundo bem bonito, com muitas plantas verdinhas no chão. Quero árvores fortes com boas sombras, quero muitas flores e frutos saborosos, e não se esqueça de tudo que possa servir para remédio.

Okô ficou sentado no chão pensando: "Que grande trabalho Olorum me deu. O que é que eu vou fazer?". Pen-

---

18   Okô é o orixá da agricultura.

sou, pensou e, depois de muito pensar, lembrou-se de que um dia, nas suas andanças, tinha encontrado uma palmeira, um *igi opê* (dendezeiro). Uma única palmeira, que era a morada do menino do corpo reluzente. Este menino estava sempre com um pedaço de pau mexendo a terra. Okô se lembrou de que, naquele dia, ele tinha tido uma conversa com esse rapazinho:

— Menino, o que você está fazendo aí, o tempo todo mexendo na terra?

— Então você não sabe que a terra mexida e plantada dá frutos?

— Plantada como?

— É, a gente arruma semente e tudo...

— Como arruma semente se ainda não existem árvores? Não existe nenhuma planta, a não ser esta sua palmeira!

— Olhe, para a natureza, nada é impossível.

Okô ficou admirado com a sabedoria do menino e foi embora. Quase esqueceu aquele encontro. Quando Olorum lhe deu essa empreitada, ele pensou logo no menino do corpo reluzente. Voltou ao mesmo lugar e lá estava ele, sentado embaixo da palmeira, cavando a terra.

O buraco estava bem maior. E daquele buraco já estava saindo uma terra mais vermelha. Então Okô perguntou ao menino:

— Por que essa terra está saindo mais vermelha?

— É sinal de que existe algo diferente nas profundezas da terra... Veja onde eu estou cavando agora, observe que a terra é mais seca. Agora, esta outra parte é mais molhada. E olha agora o que está saindo... é uma parte bem mais dura.

— Continue a cavar, menino. Vamos cavando. Cavando sempre sem parar.

Enquanto o menino estava cavando, a madeirinha que estava usando quebrou. Ele, então, pelejou, pelejou, esfregou a parte que sobrou no chão e fez uma ponta. Naquele momento, estava nascendo o primeiro instrumento agrícola. Com esse instrumento, os dois começaram a cavar alternadamente. Um cavava, depois o outro... um cavava, depois o outro... Agora tiravam lascas bem duras do meio da terra. Era o surgimento das lascas de pedra. Parecia, então, que tudo ficaria mais fácil.

Okô resolveu sair um pouco e foi dizendo:

— Vamos ver se fazemos algo melhor para cavar a terra e o que conseguimos fazer com essas lascas de pedra.

O menino do corpo reluzente continuou o trabalho, e Okô lhe disse:

— Eu vou embora, veja se você sozinho consegue algo mais eficiente pra gente trabalhar.

Okô foi embora. E pelo caminho, ia refletindo sobre tudo que se passara. No outro dia, quando voltou, o menino estava com o fogo aceso e com vários pedaços de pedra dentro do fogo.

Quando o menino fez o fogo, fez também um canal saindo de dentro do fogo. No que as pedras iam derretendo, iam formando novas lâminas. Assim foi criado o ferro. Daí em diante, Okô teve sempre grandes ideias sobre plantações, a colheita e a lavoura.

E o menino do corpo reluzente? Quem seria ele? Quem seria o menino misterioso e inventor de ferramentas?

O menino só podia ser Ogum. Ogum foi crescendo, aperfeiçoando e criando ferramentas para ajudar a cuidar bem da terra. Assim apareceram a enxada, o arado, a foice e tudo quanto é ferramenta. Os dois juntos continuaram trabalhando nas plantações, que têm grande importância para a vida do ser humano na terra.

> História contada pela saudosa Mãe Beata de Iemanjá e adaptada por Vanda Machado para o Projeto Político-Pedagógico Irê Ayó.

Neste conto mítico, Ogum pode ser considerado o grande ferreiro, o pai da tecnologia. Esta e outras histórias dão sentido para a construção das ciências, afirmando ritos e crenças, desafiando a curiosidade de nossas crianças, levando a refletir e a desejar a descoberta de novos conhecimentos, com outras possibilidades de uma aprendizagem significativa e transformadora.

No Afonjá, nós, povo de santo, herdeiros dessa memória ancestral, vivemos ritualisticamente e mitologicamente, repetindo e ressignificando os nossos próprios atos culturais. Essa consciência é o que nos impulsiona na busca por uma metodologia para elaboração de conhecimentos de forma não hierarquizada, dialógica e transdisciplinar, privilegiando o nosso próprio ponto de vista, sem perder a perspectiva da grandeza e da pluriculturalidade do nosso país.

6. OSSAIN E OGUM NA ORGANIZAÇÃO DO MUNDO

No princípio, assim que Ossain chegou para participar da construção do mundo, procurou alguém para ser seu ajudante. Não tardou, eis que surgiu Ogum.

Ossain foi para o campo para começar seu trabalho. Ogum já ia na frente com o facão, pronto para limpar o caminho pelo mato. Assim que ele segurou firme para cortar a primeiro matinho, Ossain gritou:

— *Ewe ô! Ewé ô!* Pode parar... pode parar! — Ossain pôs a mão no chão e levou até a cabeça. Saudou a planta que estava diante dele e disse: — Ogum, vamos devagar por aí. Essa planta é *folha da costa*, ela serve para curar ferimentos. Vamos adiante.

E continuaram no mesmo caminho. Ogum, novamente, segurou o facão com força.

— Não, não, não, esta daí também não. Não vê que é *inhame*? — gritou Ossain. — Inhame é nossa comida preferida! Esta é a planta que contém maior quantidade de ferro para nosso corpo, é bom para a saúde consumi-la todos os dias.

    Outra intenção de cortar uma erva, e um outro grito se levantou no mato:

    — Não! Esta daí não! Esta é a *mamona*, ela serve para curar a dor de cabeça. É assim: quando a cabeça dói, a gente a cobre toda, assim como um capacete. Deita-se, descansa um pouquinho e logo fica curado sem dor nenhuma.

    Ogum ergueu o facão e Ossain interrompeu o gesto com rapidez.

    — Esta também não! Esta é a *aroeira*, a folha cozida serve para gargarejar e cura qualquer inflamação.

    Ogum parou perto de uma árvore. Dessa vez, foi Ogum mesmo que saudou a árvore:

    — Ah! Esta planta aí é a minha casa, a minha roupa. Este é o *dendezeiro*, que dá folhas para cobrir as casas, dá frutos que se transformam em azeite. Esta aí não corto de jeito nenhum. — Apontando para outras plantas, disse: — E essas plantinhas aqui? Não vai me dizer que também é remédio.

    — Estas é que não se pode cortar mesmo. Sabe o que é isso aqui? É *capeba*. O sumo dessa folha misturado com mel cura qualquer mal de fígado.

    — E esta pode tirar? — insistiu Ogum.

    — Esta aqui nem pensar.

    — E qual é mesmo a serventia?

    — Esta é *alfavaquinha de cobra*, o melhor remédio para os olhos. É só lavar as folhas bem lavadas, pingar umas gotinhas e a dor passa logo.

— Pelo jeito, é de muita serventia mesmo. E esta folha aqui? — falou Ogum, já meio desanimado.

Na verdade, a situação estava difícil. Era melhor falar diretamente com o Criador, e lá se foi Ossain. E Ogum foi seguindo de perto. Os dois pararam em frente ao Criador:

— Veja bem, Senhor — falou Ossain —, eu pensei que podia fazer o trabalho que me foi recomendado, mas como vou arrancar ervas e plantas tão necessárias à saúde das pessoas e do mundo? Vou sair arrancando assim, para nada? Onde já se viu?

Sabendo que as ervas são muito importantes para manter o corpo com saúde, e que muitas servem de alimento e temperos, foi então que o Criador percebeu que poderia colocar Ossain em um lugar certo para servir ao mundo. Decidiu então que, daquele dia em diante, Ossain ficaria sempre por perto para que ele lhe explicasse o valor das plantas, das folhas e das ervas na hora que fosse necessário para que as plantas ficassem cada vez mais poderosas. Orunmilá deu um nome africano a cada erva e a cada folha que existe no mundo. A folha da costa ele chamou *ewê dundun*; alfavaquinha de cobra, *oririn*; dendezeiro, *igui opê*. E assim cada folha ganhou o seu nome para cumprir a sua função no mundo.

— E Ogum? O que aconteceu com Ogum?

— Ah! Ogum continuou na sua forja criando outras ferramentas para tratar da terra. Enquanto Ossain é a própria folha, é o poder da saúde na terra. Os dois juntos aprenderam que organizar não é destruir e jogar fora, é simplesmente colocar cada folha em seu lugar de acordo com a sua serventia.

7. ÁGUIA NÃO É GALINHA

Um dia, um camponês foi à floresta, apanhou um filhote de águia e resolveu manter preso em sua casa. Em casa não, a águia vivia no galinheiro, ciscando e comendo milho com as galinhas. O homem fez questão de ignorar que a águia fosse o rei ou a rainha de todos os pássaros. O tempo foi passando e lá se foram mais ou menos cinco anos.

A ave gigante, com muita dificuldade, movia-se de um lado para o outro com suas asas de quase três metros de extensão. Assim, o camponês não tinha dúvida: águia criada como galinha não é águia, é galinha.

Um dia, a fazenda foi visitada por um naturalista, que estranhou o fato.

— Como pode você criar uma águia no galinheiro?

— De fato — disse o camponês —, é águia. Mas eu a criei como galinha, então ela não é mais uma águia. Transformou-se em galinha como as outras.

— Não é verdade — argumentou o naturalista. — Águia tem coração de águia. Uma águia jamais se tornará uma galinha.

Na tentativa de devolver a memória à águia, ele a desafiou, erguendo o mais alto que pôde:

— Águia, o seu lugar é bem perto do céu. O seu lugar não é a terra. Abra as asas e voe!

A águia não se importou com as palavras do naturalista e foi ciscar e comer milho com as galinhas.

No dia seguinte, ele voltou a insistir, levando a águia para o telhado da casa.

— Não adianta. — Sorriu o camponês.

De fato, a águia pulou para o chão e foi fazer como as galinhas: ciscar no mesmo lugar e comer milho.

O naturalista não desistia e pediu para experimentar uma última vez. No outro dia, antes do sol nascer, os dois saíram, levando a águia para bem longe.

Foi longo o caminho entre a floresta até encontrar o sol derramando sua luz sobre a montanha.

— Enfim, é chegada a hora. Vamos experimentar! Este é seu lugar. Você é uma águia, abra as suas asas e voe!

A águia se pôs a tremer e não voou.

O naturalista a segurou firme em direção ao sol, que a águia nunca tinha visto de tão perto. Ainda assustada, confundindo-se com a luz do sol, começou a voar, a voar cada vez mais para o alto, até desaparecer no espaço para nunca mais voltar.

8. OLUBAJÉ: A FESTA PARA TODAS AS PESSOAS DA TERRA

Certo dia, Xangô resolveu fazer uma grande festa para todos os orixás, com muita comida, vinho de palma, alegria, dança e cantoria. Estavam todos muito felizes quando, no meio da festa, eles se deram conta da ausência de Omolu. Ele não havia sido convidado. Temendo sua cólera e que este orixá abandonasse os doentes, andavam de um lado para o outro tentando resolver o terrível equívoco.

Dona Oxum, que era esposa de Xangô, pediu calma para resolver a questão.

— Vamos juntar todas as comidas e bebidas e continuar nossa festa com Omolu.

Todos concordaram e saíram juntos, levando o que comer e beber. Com certeza, era necessário pedir desculpas e fazê-lo esquecer a indelicadeza de não ter sido convidado para a grande festa.

Omolu aceitou as desculpas, mas fez uma proposta muito importante:

— Podemos continuar a festa aqui mesmo, mas só aceito se forem convidadas todas as pessoas do mundo.

Assim foi feito. Saiu gente correndo para todo lado, trazendo mais convidados para a grande festa. Foi tanta gente que não coube dentro do palácio de Omolu! Até hoje, essa festa acontece nos terreiros, sempre ao ar livre, com muita comida e alegria. E a festa foi até o amanhecer, com toda gente comendo, dançando e cantando: "*Aê Olubajé! Olubajé unje mbó! Aê Olubajé! Olubajé unje mbó!*"

9. SONHOS, ESPAÇOS DE REALIDADE PARA PROJETOS DE VIDA E CONSCIENTIZAÇÃO COLETIVA

No princípio, era só Olodumare, o criador e um mensageiro. Depois de criar cada coisa no mundo, ele criou os homens e as mulheres. Alegrou-se do que fizera e riu. E seu riso encheu de felicidade aqueles seres que acabara de criar e que saíram desembestados pelo mundo.

Foi então que Ele chamou o mensageiro e lhe disse:

— Corra até encontrar aquelas criaturas risonhas. Diga-lhes que tudo isso que criei é para que elas sejam muito felizes. — Quando o mensageiro estava saindo, Olodumarê o fez parar, continuando: — Entre as coisas criadas, deixei muito espaços vazios. Nesses espaços, as criaturas também poderão criar. E quando tiverem aprendido a ser felizes, criando coisas nos vazios, elas poderão criar mundos e universos. Isso me alegrará muito.

O mensageiro, que interrompera a sua saída, partiu montado numa estrela a caminho da Terra.

Quando desapeou da montaria estelar, subiu num dendezeiro bem grande e reuniu homens e mulheres. Lá do alto da palmeira, do *igui opê*, deu início ao recado para os homens. As criaturas humanas só ouviram metade do que foi dito, justamente aquela parte que dizia que o mundo era para que construíssem a felicidade. Enquanto se afastavam, ouviu-se uma risada debochada e longa caindo pela escadaria do tempo. O mensageiro pensou: "E agora? Como concluir a missão?". Olodumare iria pedir as contas.

Então o mensageiro pensou, pensou e lembrou que as criaturas que Olodumarê inventara eram criaturas que dormiam e sonhavam, então decidiu comunicar-se com elas através do sonho. Era preciso que as criaturas humanas soubessem que o vazio é a matéria prima da criação de novas ideias e de novos mundos. E nesse instante teve início a nova missão do mensageiro, por decisão própria: ir de sonho em sonho, dando inspiração a cada um, homem ou mulher, criança ou velho, rico ou pobre, doente ou são.

O contador desta história despediu-se das crianças, que ficaram sonhando com seus projetos de vida enquanto ele, o gigante negro, desaparecia no meio dos dendezeiros.

CONTOS MÍTICOS: TRADIÇÃO E VIVÊNCIA PEDAGÓGICA, CONHECIMENTOS, SABERES ANCESTRAIS E OUTROS CAMINHOS PARA UMA EDUCAÇÃO ANTIRRACISTA

> "A manifestação do sagrado no espaço tem, por consequência, uma valência cosmológica: Toda hierofania espacial ou toda consagração de um espaço equivalem a uma cosmogonia. Uma primeira conclusão seria a seguinte: o mundo deixa-se surpreender como o Mundo, como o Cosmos na medida em que se revela como mundo sagrado" (Eliade, 1956, p. 59).

Quando se opta por uma vivência formativa neste contexto, vale considerar também a necessidade de acreditar no potencial das crianças. Acreditar no poder do afeto, do cuidado transformador, da consciência histórica, na autoestima, na confiança de caminhar e transformar sonhos em projetos de vida.

A aprendizagem avança por meio de sucessivas organizações do conhecimento. Essa construção é possível a partir de uma motivação genuína, que propicie à criança derramar-se de corpo e alma no que está construindo como aprendizagem. A resposta pode vir, seja na motivação para o reconto, colagem, pintura, teatro ou simplesmente na presença de outras subjetividades essenciais para a convivência com autonomia e gentileza. Essa possível consciência sedimenta-se nos aprendizados tecidos pela educação das relações étnico-raciais, que podem ser inspirados nas sabedorias legadas por diversas tradições afro-brasileiras e valores de inclusão e diversidade. Os mitos são histórias sobre a sabedoria de vida. O que estamos aprendendo em nossas escolas não é sabedoria de vida. Estamos aprendendo algumas tecnologias e acumulando informações.

O Ire Ayó, nas diversas experiências enquanto intervenção curricular, nasceu do exercício da transdisciplinaridade, considerando a complexidade, os princípios e valores contidos no pensamento africano como reconhecemos, recriado por nossa ancestralidade. O currículo para o Projeto Político-Pedagógico Irê Ayó se constrói atravessado por vivências e invenção pedagógica, contos míticos e as subjetividades, entrelaçando o cuidado, a arte e a filosofia na diversidade que nos afeta. Procura-se, assim, o caminho sinuoso para o autoconhecimento que se desvela com desenhos dos contos, com princípio, meio e fim, propiciando todo tipo de expressão de arte e conhecimento.

O ser humano não foi construído de um único elemento da natureza. A construção foi de um ser síntese do mundo, síntese de elementos universais. O pensamento africano, destacadamente a mitologia, serve como reflexão para a aproximação ou reconciliação da cultura com a ciência, a filosofia, a psicologia e a vida na elaboração de saberes e fazeres, e com práticas educacionais.

O trabalho com argila na sala de aula despertou o interesse das crianças para aprendizagens significativas sobre o corpo e o comportamento humano, sendo possível, além do trabalho coletivo, comparar elementos contidos na natureza e no corpo humano. Durante a formação de profissionais da educação, a história de Oxalá e Nanã na criação do ser humano foi pensada também como experiência de religação de corpo e ancestralidade, pensamento, sentimento e outras subjetividades. Importante que, tanto durante a formação das educadoras da Escola Eugênia Anna, assim como no exercício para a formação de conceitos, as crianças percebem a existência de elementos que existem no corpo humano e na natureza: o nosso corpo tem o equivalente a 400 bananas em potássio, 60% de água, até os ossos têm 30% de água.

Entendemos que a aprendizagem só se realiza como um fenômeno relacional e compartilhado. É relevante o entendimento de que qualquer ação mental do indivíduo na relação com a natureza provoca mudanças estruturais no sujeito como uma organização viva. Assim, a contação de várias histórias míticas segue buscando a aproximação transdisciplinar com todas as ciências e as diversas linguagens das artes. O trabalho com as ciências aconteceu com a modelagem de órgãos e partes do corpo humano com a argila, nomeados na língua iorubá.

Estamos diante da elaboração de um pensamento complexo com possibilidade da aproximação com a inter e transdisciplinaridade do conhecimento, pensando de maneira dialógica e como intuito de romper com o paradigma da simplificação. A mitologia africana, recriada como afro-brasileira, é pródiga na possibilidade da compreensão do mundo sempre em construção. Um mundo onde o ser humano continua transitando como parceiro dos deuses e deusas na criação e manutenção planetária. A mitologia conta as histórias da vida e do mundo, incluindo sempre o ser humano. Vejamos o mito da criação dos seres humanos com a participação de um homem e uma mulher.

10. A CRIAÇÃO DOS SERES HUMANOS

Quando Olodumare criou o mundo, criou todas as águas, todas as terras e todos os filhos das águas e do seio das terras. Criou uma multiplicidade de plantas e bichos de todas as cores e tamanhos.

Um dia, o criador chamou Oxalá e ordenou:

— Oxalá! Eu tenho uma tarefa muito importante para você. Eu preciso que você comece a criar os seres humanos.

Oxalá, sem perda de tempo, deu início ao trabalho que lhe fora confiado. Fez um ser de ferro, mas constatou que era rígido demais. Fez outro de madeira, também ficou muito sem jeito. Tentou de pedra, o homem ficou muito frio. Depois, tentou de água, porém o ser não tomava uma forma definida. Tentou fogo, mas, depois de pronta, a criatura se consumiu no seu próprio fogo. Fez um ser de ar, porém, após estar finalizado, o homem voltou a ser o que era no princípio, apenas ar. Ele ainda tentou criar com azeite e vinho de palma, mas nada aconteceu.

Desolado, sentou-se à margem do rio, observando a água passar. Eis que das profundezas do rio surgiu Nanã, que indagou sobre a sua preocupação. Oxalá falou da sua responsabilidade naquele momento e das suas tentativas infecundas. Nanã mergulhou nas águas profundas e trouxe lama. Voltou e trouxe mais, entregando a Oxalá para que ele cumprisse a sua missão.

Oxalá construiu esse outro ser e percebeu com alegria que se tratava de um ser flexível, que movia os olhos, os braços e a cabeça, então, soprou-lhe a vida. A criatura respirou e saiu cantando pelo mundo:

— *Ara aiyê modupé / Orumilá funfun ojo / nilê ô. Funfun ô nilê ô'!!*

(Esta é uma cantiga de agradecimento composta por Mestre Didi).

11. A SENHORA DO MAR E MÃE DE TODO SER HUMANO

Enquanto Oxum cuida da fertilidade, da concepção e de crianças bem pequenas, Iemanjá cuida de homens e mulheres na sua idade adulta. Iemanjá também é mãe sensível, mas fica muito aborrecida quando é contrariada nos seus desejos e orientações.

Iemanjá, filha de Olokun, orixá do mar, casou-se pela primeira vez com Orumilá, que é o senhor das adivinhações, e depois com Olófin, rei de Ifé. Quando Iemanjá foi para a Ifé, Olokun teve um pressentimento que um dia alguma coisa poderia não dar certo. Na hora da despedida, ela chamou a filha e disse: "Filha, nunca se sabe o que vai acontecer amanhã. Tome esta garrafa, ela contém um preparado que só pode ser utilizado em momento de grande perigo. Guarde com todo o cuidado".

Iemanjá guardou por toda a vida essa garrafa como um grande tesouro. O casamento durou muito. Ela teve dez filhos e tudo parecia bem, mas ela não estava tão feliz. O seu inquieto marido guerreava sem parar. Por outro lado, seus filhos, os orixás, já faziam da vida o que bem queriam. Um abria caminho, outros já protegiam e defendiam os homens, fazendo justiça. Também tinha um filho curando tudo quanto era de doença com plantas e folhas que somente ele conhecia.

Cansada da vida solitária, um dia decidiu: "Eu quero ir embora. Vou morar no entardecer da Terra". E saiu pelo mundo em direção ao Oeste. O esposo não gostou de ser abandonado. Quando se deu conta do que estava acontecendo, não contou conversa, lançou todo o seu exército à procura da esposa, que ia cada vez mais longe. Sentindo-se cercada, ela não se deixou prender, pois não queria ser conduzida de volta para o marido que vivia de guerra em guerra. Aflita, lembrou-se da garrafa mágica. Rapidamente, procurou entre as suas coisas e encontrou, quebrando no chão com toda a força conforme a sua mãe havia ensinado. De repente, um grande rio se formou na sua frente. Aí tudo ficou resolvido: o rio levou Iemanjá correndo para Okun, o oceano, onde mora Olokun, e lá chegou sã e salva.

12. A TERRA NÃO TEM DONO

No princípio do mundo, existiam apenas água e ar. O Criador contemplou o que já existia e desejou criar um mundo para que todas as pessoas pudessem viver em paz e com muita alegria. Pensou e logo chamou os seus filhos para ajudar. Todos se prontificaram para a missão.

Ogum foi quem saiu na frente e escolheu levar um saco com uma massa preta pendurada na sua espada. Levou também uma galinha d'Angola e um camaleão. Logo no começo da viagem, começou a chover muito. Com essa surpresa Ogum não contava. O mais inusitado aconteceu quando ele percebeu que lá no meio da água já havia uma frondosa palmeira.

Ogum ficou surpreso. Nada melhor podia acontecer no início daquela viagem. Ele se acomodou bem no alto, entre as palhas do *mariô*, as folhas mais novas do dendezeiro. A chuva caiu cada vez mais forte e obrigou Ogum a se proteger, o que não impediu que fosse molhando tudo que levava para ser criada a terra. Com o peso, o saco se rompeu, deixando cair sobre as águas a misteriosa massa que ficou lá em um montinho.

Em seguida, Ogum deixou a galinha d'Angola cair sobre a massa, que começou rapidamente a espalhá-la. A massa foi se espalhando e crescendo até se perder de vista.

Logo depois, o camaleão passeou sobre a terra e mostrou a Ogum que o chão estava firme. Confiante, ele também desceu, caminhou e experimentou passo a passo o primeiro caminho recém-construído na terra.

A galinha pulava, espalhando poeira para todo lado. Ogum, o ferreiro mítico, olhou os pés da galinha e logo se inspirou para criar instrumentos que ajudassem nas plantações e nas colheitas. Para quem já nasceu ferreiro, logo inventou também a enxada e muitas outras ferramentas para a agricultura.

Tudo prosperou muito rápido e outros povos do mundo foram chegando e quiseram dividir a terra. Foi aí que Ogum não gostou. Levantou sua espada mágica e lutou para valer. E por muito tempo a terra foi de todos, e não tinha nenhuma cerca que os separasse.

13. CRIAÇÃO DO MUNDO POR OLODUMARÊ

Conta-se que, no princípio, Olodumare criou o mundo, que era apenas água e ar parados no tempo. Ele olhou em torno e pensou na enorme solidão que o envolvia. Nenhum som, nenhum movimento que o acolhesse. Olodumarê ficou se olhando no espelho d'água por um longo tempo. Ele e a água eram quase a mesma coisa.

Encantado, Olodumarê tirou de si um pedacinho da cabeça e ofereceu à água. Em seguida, um pedacinho de cada braço, outro pedacinho do seu próprio dorso, alguns pedacinhos das vísceras e dos pés, e se pôs a olhar como que mergulhado em si mesmo, sentindo o mundo que carece de uma existência compartilhada. Um sopro misterioso, um intenso movimento de gozo e expansão nas entranhas das águas, as partes divinas se juntaram no mistério da criação e todos os seres vivos se levantaram das águas e buscaram os seus domínios. As águas inquietadas, a partir daquele momento, ganharam força e, como parceiras da criação, saíram correndo pela terra adentro, espalhando toda espécie de vida.

14. OLOKUN E OLOSSÁ: O CUIDADO COM A VIDA DA TERRA

Foi na África, no princípio do mundo, enquanto Olokun cuidava do mar com Olossá, a senhora da lagoa. Elas nunca se afastavam. A missão dessas duas criaturas era molhar a terra. Elas molhavam o mundo e se orgulhavam do que faziam. As florestas estavam sempre verdinhas. A água era de uma transparência que dava gosto.

Os peixinhos subiam e desciam, mostrando a sua alegria com o brilho do sol. As pessoas nadavam, pescavam e se banhavam sem nenhuma preocupação. Até que, um dia, a água começou a sumir. A terra foi ficando muito triste. Ninguém sabia para onde a água estava indo. Também não chovia. A terra foi ficando seca que dava medo. As árvores, de tão tristes, não davam mais flores nem frutos. O mundo padecia de sede provocada pela longa seca. O sol estava cada dia mais quente.

Olokun e Olossá ficaram muito preocupadas porque as águas estavam indo embora. Juntas, decidiram que iam falar com Olodumare, que recebeu as duas senhoras com muita atenção. Na verdade, ele ficou até muito contente com o cuidado que as duas demonstraram pelo equilíbrio do mundo. A visita foi demorada. O Criador acolheu as duas responsáveis também pela beleza da terra. Conversaram muito e refletiram sobre a enorme quantidade de água que fora colocada no mundo. Era muita água, mais da metade do mundo! O que estaria acontecendo? Para onde estava indo a água? O Criador, então, aconselhou que Olokun e Olossá fizessem uma grande oferenda às águas, pedindo que voltassem à terra.

Ambas seguiram o conselho dele e logo foram atendidas. Veio a chuva. Choveu tanto que as águas não cabiam nos cursos dos rios e transbordavam. A terra parecia que ia desaparecer embaixo da água. Oxum, o grande rio, foi consultar o Oluô para saber que destino dar ao curso de suas águas. As águas se espalhavam na terra com muita força. O rio Oxum foi orientado a procurar um lugar onde fosse bem recebido e seguiu fazendo um novo caminho sobre a terra. O rio correu, até que encontrou a lagoa e pensou: "É aqui!". E logo se precipitou.

As águas da lagoa continuavam transbordando, já que esta não aguentava mais que a sua própria água. O rio Oxum chamou os outros rios e saiu correndo terra adentro, finalmente se jogando no mar. Essa foi a solução e ainda hoje é assim. Os rios correm o quanto podem para se jogar no mar. O mar acolhe todos os rios e se torna a maior fonte de força de vida na terra.

15. A SENHORA DA LAMA QUE FERTILIZA O MUNDO

No início dos tempos, os pântanos cobriam quase toda a terra, que era cheia de reinos. Um grande reino era dominado por Nanã, a soberana.

Quando todos os reinos foram divididos e entregues aos orixás, uns passaram a adentrar nos domínios dos outros e aconteceram muitas discórdias. Com Ogum não foi diferente. Certa vez, ele precisava chegar ao outro lado de um pântano. De vez em quando, surgia uma grande necessidade e sua presença era solicitada sempre com urgência.

Foi assim que Ogum resolveu atravessar o lodaçal para não perder tempo. Ao começar a travessia, que seria longa e penosa, ouviu atrás de si uma voz autoritária:

— Volte já para o seu caminho, rapaz! — era Nanã, com sua majestosa figura de matriarca que não admitia contrariedades. — Para passar por aqui tem que pedir licença!

— Como pedir licença? Não me reconhece? Sou Ogum. Sou um guerreiro, preciso chegar ao outro lado. É urgente, senhora! Há um povo inteiro que precisa de mim.

— Não me interessa quem é você nem a sua urgência. Ou pede licença ou não passa. Aprenda a ter consciência do que é respeito ao alheio. Este lugar é do meu domínio.

Ogum riu:

— O que uma velha pode fazer contra alguém jovem e forte como eu? Irei passar e nada me impedirá!

Nanã não contou conversa. Imediatamente, deu ordem para que a lama tragasse Ogum para impedir seu avanço.

O barro se levantou, agitou-se e, de repente, começou a se transformar em redemoinho de água e lama. Ogum teve muita dificuldade para se livrar da força imensa que o sugava. Todos os seus músculos retesavam-se com a violência do embate. Levou um bom tempo a luta de Ogum para se livrar da lama. Sem conseguir avançar, preferiu voltar para a margem.

— Você é muito malvada — gritou. — Eu também tenho meus poderes. Encherei todo esse barro que você chama de reino com metais cheios de pontas e nem você conseguirá atravessá-lo.

Dito e feito. O enorme pântano transformou-se em uma floresta de facas e espadas que não permitiriam a passagem de mais ninguém.

Desse dia em diante, Nanã proibiu o uso de qualquer espécie de metais em suas terras. Ficou furiosa por perder parte de seu domínio, mas intimamente orgulhava-se de seu trunfo: Ogum não passou por suas terras.

16. SENHORA DAS ÁGUAS DOCES E DA BELEZA

Conta-se que lá na África, há muitos e muitos anos, vivia uma senhora chamada Oxum. Dona Oxum era a conhecida senhora das águas doces. Mulher muito elegante e vaidosa, gostava de tudo que era bonito: roupas, penteados, perfumes... e tinha paixão por joias. Atenta a sua beleza, estava sempre se admirando no espelho, que era mágico e mostrava também tudo que estava acontecendo no mundo.

Quando amanhecia o dia, Oxum já estava mergulhando no rio, banhando-se para enfeitar-se com suas joias. Na verdade, antes mesmo de lavar as suas crianças, ela lavava as joias.

Mas um dia, que surpresa desagradável! Oxum acordou, levantou-se com o primeiro raio de sol e, quando destampou o baú das joias, estava vazio. Não havia uma só peça. O que teria acontecido? Ela botou a mão na cabeça.

Andava de um lado para o outro enquanto pensava: "Quem levou as minhas joias?".

Assustada, ela chorava muito. Deu uma volta em torno da casa e pôde ver dois homens que se afastavam correndo. Cada um deles levava um saco que, com certeza, continha as suas joias. Oxum pensou rápido: "Eu preciso agir".

Então logo executou. Foi à cozinha, pegou uma porção de feijão fradinho, amassou bem e colocou numa panela. Ali acrescentou cebola amassada e uma boa quantidade de camarão seco, pisado no pilão. Por fim, ela botou também *epô* (azeite de dendê) e misturou tudo até que se transformou numa massa bem gostosa. Enrolou pequenas porções em folha de bananeira passada no fogo, arrumou tudo numa panelinha e cozinhou no banho-maria.

Depois de cozida essa gostosa comidinha, ela arrumou tudo em um tabuleiro bem bonito e saiu em busca dos ladrões, cantando para espantar as suas preocupações. Não foi difícil, ela sabia exatamente por onde eles iriam passar. Sentou-se e, com tranquilidade, esperou os dois. Não tardou, eles apareceram cumprimentando Oxum na maior desfaçatez.

— *Kuwaró!* — deram "bom dia".

— *Kuwaró ô!* — respondeu ela, também com "bom dia". — Que belo dia! Que bom encontrar companhia por aqui.

— Como estamos contentes de encontrar a senhora.

— Ótimo, então vamos parar e conversar um pouco. Querem comer? Hoje eu fiz a comida de minha predileção. *Wa unjeum?* — fez um convite para a refeição.

— Hum... Bem que a gente estava sentindo este cheiro tão bom!

Os homens entreolharam-se confiantes e falaram baixinho:

— Esta senhora é tão bonita..., mas parece muito bobinha.

— Pois é, nós tiramos todas as suas joias e ela ainda quer dividir a sua comida com a gente.

— É muito tola mesmo.

Os homens não esperaram outro convite, avançaram nos abarás e comeram sem a menor cerimônia, até caírem adormecidos um para cada lado. Nesse momento, Oxum aproveitou, tomou rapidamente os dois sacos cheios de brincos, colares, anéis, pentes, pulseiras e prendedores de cabelo, enfeitou-se toda e saiu cantando pelo mesmo caminho de volta para sua casa:

Iya omi ni bu odomi ró Orixá ó le le
Iya omi ni bu odomi'ó Orixá o le le
E ó be rê o o be rê o
O ina be ko ina Iná

17. A MORTE DO ANCIÃO[19]

Conta-se que um velho, percebendo que a morte se aproximava, chamou os filhos um por um para apresentar-lhes a herança. Todos reunidos, pediu ao filho mais velho que lhe trouxesse uma vassoura, do tipo que é usada na Nigéria, que não tem cabo e é feita com muitas fibras tiradas das folhas de palmeiras e amarradas num feixe bem firme.

O velho pai tomou algumas das fibras e distribuiu entre os filhos, pedindo que as quebrassem. Todos fizeram a mesma experiência com facilidade. O velho tomou o feixe de fibras que sobrou e novamente pediu que os filhos experimentassem quebrar todas as fibras juntas. Todos tentaram e não conseguiram. Aprenderam a lição: juntos e unidos somos fortes. Os filhos colheram os últimos suspiros do ancião que deixou como maior bem o sentido da união que fortalece as famílias.

---

19   Esta é uma importante história conhecida em todo o continente africano, conforme me contou o Senhor Narciso, que na época era vice-ministro em Angola.

18. OGUM E A CRIAÇÃO DOS SERES HUMANOS[20]

Esta história que os africanos chamam de *itan* nos conta a criação dos seres humanos do ponto de vista do povo iorubano. Foi quando Olodumarê tomou Ogum como ajudante e mandou que ele começasse a criar os seres humanos.

Depois de muito pensar, Ogum cavou a terra e misturou com bastante água até formar uma massa forte para fazer o que ele pensava que se transformaria em seres humanos para habitar a terra e atenderia a ordem do Criador. Depois de fazer uma boa quantidade, ele abriu um grande forno no seio da terra, arrumou tudo direitinho e saiu para dançar e tomar vinho de palma.

Consciente de sua missão, Ogum voltou ao seu trabalho e abriu apressadamente a sua fornalha. Desolado,

---

20 Mito aprendido com as pessoas mais velhas do Ilê Axé Opo Afonjá e adaptado por Vanda Machado para o Projeto Político-Pedagógico Irê Ayó.

encontrou uma porção de corpos esbranquiçados. "Nada feito! Não foi assim que o criador me mandou fazer. Eu vou levar toda essa gente para o lado onde o sol se põe. Lá no Ocidente do mundo, eles vão ficar muito bem", pensou.

Repetiu a mesma operação e voltou para dançar tomando vinho de palma. Dançou, dançou e o resultado não lhe agradou. Ali estavam corpos amarelados, nada parecidos com o pedido que lhe fora feito. Com certeza não seria do agrado do Criador. Um tanto irritado, enviou toda aquela gente para o lado do sol nascente do mundo e lá ficaram.

Finalmente, mesmo cansado de tanta labuta, repetiu a experiência. Dessa vez, com mais atenção, até encontrar corpos pretos e luminosos como planejara, que se espalharam por todo o continente africano e, mais tarde, em muitos lugares do mundo.

19. UMA HISTÓRIA DE TEMPO

Tempo era uma criatura muito agitada. Passava o dia todo correndo de um lado para o outro. Ele tentava fazer muita coisa ao mesmo tempo e não dava conta, e tanto corria como reclamava.

Também pudera! Tempo era muito solicitado. Em cada canto do mundo tinha alguém querendo a sua presença. "Cadê tempo?", "Preciso de tempo", "Preciso de mais tempo!", "Eu não tenho tempo!".

Era aquela correria! Tempo gostaria de ajudar todo mundo.

— Meu Deus! Eu não tenho tempo para mais nada!

— Corre, corre para chegar a tempo!

— Se não chegar na hora marcada, não fará a prova! Não vai dar tempo!

Até que Tempo resolveu falar com o Criador. Na verdade, toda vez que Tempo chegava perto dele, era para reclamar:

— Veja bem, Senhor! O dia, como foi feito, é pequeno demais. Não consigo dar conta dos meus afazeres, muito menos de tudo o que me pedem.

Foi de tanto reclamar que o Criador chamou Tempo para perto de si para conversar.

— Que há com você, Tempo?

Tempo se movia de um lado para o outro, sem parar para ouvir o que era dito.

O Criador estava quase irritado quando segurou o Tempo e falou:

— Tempo, de hoje em diante, você vai controlar essa correria. É você quem vai controlar tudo: os dias, as noites, as chuvas, o tempo de sol e a presença da lua. Você, e só você, terá o controle do tempo. Você agora é o relógio do mundo!

Até hoje o Tempo corre sem descanso e, mesmo assim, não dá conta de todas as solicitações. Cada um dos seres da terra exige alguma coisa do Tempo. E assim, cada um vai fazendo seus pedidos. Mas como dizem as mais velhas: "Tudo tem seu tempo certo".

20. XANGÔ, O MAIS IMPORTANTE REI DE OYÓ

Xangô foi o mais importante rei de Oyó. Era o mais temido e respeitado de sua época. Mesmo assim, o seu reino foi atacado por uma grande quantidade de guerreiros que invadiram a cidade violentamente. Xangô resistiu lutando bravamente. Foi tão difícil que ele chegou a pensar em entregar a coroa aos inimigos.

Resolveu então procurar por Orunmilá e pediu-lhe um conselho para evitar a derrota quase certa. Orunmilá mandou que ele fosse à pedreira e lá subisse e aguardasse, pois daquele lugar receberia a iluminação do que deveria ser feito.

Xangô subiu a montanha e, quando chegou no ponto mais alto, já estava bastante irritado. Pegou o oxê, o seu machado de duas lâminas, e começou a quebrar as pedras com grande violência. Enquanto fazia isso, as pedras lançavam raios tão fortes que em instantes se transformaram em enormes línguas de fogo que foram se espalhando pela cidade toda, afugentando uma grande quantidade de guerreiros inimigos. Os que restaram, apavorados, procuraram os guerreiros de Xangô e renderam-se imediatamente.

    Levados até o rei, os presos elegeram um representante para servir-lhes de porta-voz. O homem escolhido se atirou aos pés de Xangô e logo se desculpou, justificando que não lutavam por vontade própria, e sim forçados por outro rei, vizinho de Oyó.

    Xangô usou muita inteligência e venceu a guerra. Assim, tornou-se conhecido como o orixá da justiça. Ele busca sempre a verdade, mas queima com seus raios os mentirosos. Considerando que o guerreiro tinha falado a verdade, todos foram perdoados e aceitos como súditos do grande rei de Oyó.

21. LOGUN EDÉ VAI À FESTA DE XANGÔ

Xangô fez uma grande festa. Oxum foi convidada e levou seu filho Logun Edé. O jovem vestiu uma belíssima roupa feminina. De tão lindo, chamou atenção de Xangô, que o convidou a sentar-se ao seu lado e logo foi abraçando porque julgou que fosse uma menina, mas Oxum o alertou sobre a verdade.

Xangô ficou muito aborrecido e expulsou Logun da sua festa, jogando o moço pela janela. Naquele momento, abriu-se um imenso clarão no Orum, que recebeu Logun com muita alegria.

22. IANSÃ CRIANDO A DEMOCRACIA DAS FOLHAS

Em tempos bem remotos, somente Ossain tinha o poder e o conhecimento das folhas. Apenas ele sabia todos os segredos das plantas. Esse orixá sabia qual a folha que curava cada um dos males que afligiam as pessoas. Fossem os males físicos, emocionais ou espirituais. A boa saúde e o bem-estar de todos dependiam dele.

Para preservar o segredo, Ossain providenciou uma grande cabaça e a encheu com todas as qualidades de folhas que existem no mundo. Depois, procurou uma árvore bem grande e lá no galho mais alto pendurou o segredo que ficava vigiando dia e noite, noite e dia, o qual saudava sempre:

— *Ewe ô, ewe ô!* — Que significa "Oh, minhas folhas!".

Cada vez que alguém precisava de alguma folha para ajudar a manter sua vida ou sua saúde, tinha que pedir a Ossain. E ele fazia sempre exigências (que até eram justas):

não atendia ninguém à tarde; à noite, só se fosse com muita necessidade. Assim, se alguém chegasse fora de hora, ele já ia falando:

— Folha a esta hora? De que serve eu tirar folha a esta hora? Esta folha está cansada, empoeirada. A folha é viva. Quando amanhece o dia, bem cedinho, ela está banhada pelo orvalho. Assim que o sol começa a jogar a sua luz na terra, tudo se transforma em nova vida e cada folha vai respirar a força do novo dia.

Tudo parecia bem. Mas, um dia, Xangô chamou Iansã e começaram a refletir:

— Por que esse poder centralizado só em Ossain? Não seria esse conhecimento o direito de todos que prestam serviço para a vida? Vamos nos reunir para discutir o assunto.

Reuniram-se, conversaram, conversaram... e foram convencer Ossain. E nada! Ele resistia e os outros orixás persistiam. Uma nova reunião foi marcada, dessa vez com a liderança de Iansã, que marcou a hora. Todos deveriam estar presentes, ninguém poderia faltar. Assim foi feito.

Chegada a hora, ela, que tem a força dos ventos, ficou bem embaixo da árvore que guardava a cabaça do segredo. E todos ficaram também ali, bem juntos. Nesse momento, Iansã começou a girar. Foi dançando e girando. Ela foi girando mais forte... girou... girou... girou muito. Girou de um jeito que toda a natureza foi se transformando. Até as águas se encresparam com a força do vento. Todas as árvores começaram a fazer um movimento muito forte, balançando os seus galhos.

A cabaça do segredo começou a sacudir sem parar. Debatendo-se contra o vento e a árvore, terminou por partir-se ao meio e todas as folhas foram caindo e se espalhando pelo mundo afora. Quando Ossain viu todas as folhas espalhadas pelo chão, começou a correr de um lado para o outro gritando:

— *Ewe ô, Ewe ô!*

E foi assim que cada orixá conseguiu o que tinha direito e nem por isso Ossain ficou menos importante. Ossain é a própria folha.

Finalmente, Iansã, feliz com o que havia conseguido, saiu cantando e dançando pelos caminhos do mundo, levando sempre novos ventos por onde passava.

23. OXÊ[21], O REI QUE ERA POBRE

Conta-se que um rei muito importante, o mais importante de todos, precisava escolher um sucessor. Esta era uma tarefa muito difícil, pois ele não tinha a menor ideia de quem escolher. Depois de longas reuniões com seus conselheiros, o rei resolveu chamar alguns dos seus súditos e os mandou caminhar pelo mundo, pelo Aiyê.

Os escolhidos seriam aqueles considerados os mais inteligentes, dignos de serem o sucessor. O vitorioso seria aquele que recebesse mais honras durante a viagem. Todos partiram juntos, vestindo belas roupas, menos Oxê. Oxê era muito pobre, então estava mal vestido e carregava um velho *labá* (saco). Foi uma longa viagem. Enfrentaram matos e desertos, subiram montes e montanhas e atravessaram rios. Muitas vezes, tiveram de descansar acolhidos pelas árvores

---

21 Palavra iorubá escrita como se pronuncia.

que iam encontrando pelo caminho. Cada um seguia mais animado pela esperança de ser o sucessor do rei.

Cada lugar aonde chegavam, os que estavam bem vestidos eram homenageados. Comiam do bom e do melhor. Oxê recebia sempre a cabeça, pescoço, os pés, as asas, as vísceras e, às vezes, as peles dos animais servidos nas refeições. Ele aceitava sem queixas o que lhe cabia. Comia e esperava pacientemente que os ossos secassem ao sol. Depois de secos, guardava tudo no seu velho *labá*.

Assim aconteceu em todos os lugares que Oxê chegava com os seus companheiros de viagem. Sempre comendo e guardando os ossos. Quando voltaram, foram correndo contar ao rei suas histórias, os banquetes, as homenagens que receberam... O rei ouviu tudo com atenção. De repente, perguntou:

— Qual a prova que vocês têm de todas estas histórias que estão me contando?

Todos ficaram calados, menos Oxê.

Ele deu um passo à frente e foi mostrando cabeças de bichos, asas, ossos e pés das mais diferentes qualidades. Oxê tinha a prova de tudo que havia acontecido no seu saco. O grande rei ficou muito satisfeito com a sabedoria dele.

Naquele mesmo dia, Oxê foi convidado a se sentar no trono que o rei lhe destinara.

24. A CASA DE ARIWÔ[22]

Na casa de Ariwô, as pessoas não sabiam conversar. Qualquer assunto era transformado numa grande discussão. Ninguém ouvia ninguém. Também ninguém pedia licença nem se cumprimentava. Agradecer, pedir desculpas ou despedir-se, nem pensar.

Era como se cada um falasse para si próprio. Discutiam tanto que a briga começava no fundo da casa e terminava na porta da rua. Cada um ficava mais exausto e confuso. A vizinhança permanecia preocupada com tamanha barulheira. Sempre que havia aquela confusão, os vizinhos saíam de suas casas e perguntavam à família: "O que está acontecendo?", mas ninguém sabia responder. Cada um contava a sua história, e cada história era mais desencontrada. A confusão continuava.

---

22 Quem me contou esta história foi o Baba Ruy Póvoas.

Por sorte, ali por perto vivia um velho sábio. O nome dele era Afaradá. Ele era uma espécie de juiz da aldeia, resolvia qualquer problema com os seus ensinamentos.

A vizinhança reunida foi procurar o velho Afaradá, que recebeu o grupo com generosidade. Ouviu atentamente as queixas e orientou para uma eventual briga da família, o que não tardou em acontecer.

Quando a briga começou, segundo a orientação do sábio, um menino chegou gritando com todo o fôlego na porta de Ariwô: "Lá vai a onça, minha gente!". Só que ninguém lá dentro se incomodou com o grito do menino. Naquele dia, a discussão foi ainda maior. Aí não teve jeito, Afaradá mandou fazer diferente: quando começasse a briga, deveriam levar uma onça de verdade. Isso foi feito.

Quando começou a confusão, foi jogada dentro de casa uma onça viva. Todos ficaram apreensivos, pensando no horror que poderia acontecer. Assim que a onça entrou na casa, assustada, toda a família parou de brigar e se organizou para enfrentar o bicho que estava a ponto de destruir a todos. Fez-se um enorme silêncio. De repente, foram saindo da casa um por um, apoiando-se uns nos outros, enquanto a onça ficou lá dentro, amarrada pelo trabalho e coragem de todos juntos.

25. OXÓSSI, O CAÇADOR DE UMA FLECHA SÓ

Era uma vez, no reino de Ifé, o Olofim Odudua celebrava todo ano a festa dos novos inhames. Esse era um ritual indispensável no início da colheita. Antes dessa festa, ninguém podia comer desses inhames.

Chegando o dia, uma multidão era reunida no pátio do palácio real. O rei ficava sentado em grande estilo, com os criados espantando as moscas, cercado de todas as suas mulheres e seus ministros. Os homens sentavam-se a sua direita e as mulheres, a sua esquerda. Os tambores batiam. Cantavam, dançavam e comiam muito inhame acompanhado de vinho de palma.

Subitamente, apareceu um grande pássaro que voava da direita para a esquerda, da esquerda para a direita. Parecia uma ave de rapina. Uma vez ou outra, ela ia pousar exatamente ali, bem no meio da festa. Aquele foi um mau sinal. As feiticeiras estavam zangadas. O medo e a tristeza tomaram conta do lugar.

— O que significa isso?

— De onde apareceu esse tira-prazeres?

Todos perguntavam sobre o que estava acontecendo. Era preciso fazer alguma coisa para voltar a alegria da festa.

Decidiram, então, chamar o caçador das vinte flechas. Em seguida, o caçador das quarenta flechas. E depois, o caçador das cinquenta flechas. Nenhum desses conseguiu afastar a tristeza e o medo daquela festa. Por isso, o rei mandou prender todos.

O pássaro continuava lá, assustando os convidados daquela festa tão bonita e importante. E a tristeza invadia o reino.

Finalmente, foram chamar o caçador de uma flecha só, Oxotokanxoxô, que era muito hábil e, também, filho único. Logo que soube do convite do rei ao seu filho, a mãe do caçador foi consultar o Oluô, que ensinou umas palavras mágicas para distrair o pássaro. A mãe fez tudo direitinho e, na hora que o caçador disparou sua única flecha, o pássaro relaxou o encanto que o protegia, sendo atingido profundamente. Nesse momento, todo o povo recomeçou a cantar e dançar, comendo inhames e bebendo vinho de palma.

A notícia correu. Fora Oxóssi quem trouxera de volta a alegria. O rei deu a ele, como recompensa, a metade de seu reino. Os três caçadores que estavam presos foram soltos. O caçador das vinte flechas ofereceu vinte sacos de búzios a Oxóssi. O caçador das cinquenta flechas deu cinquenta sacos de búzios. E assim também fez o de quarenta flechas.

Todos cantaram e dançaram para Oxóssi. O Oluô também se juntou a eles, cantando e batendo no seu agogô. Os atabaques bateram durante sete dias, celebrando a libertação da comunidade daquele tempo de medo.

26. NANÃ, A SENHORA DOS MISTÉRIOS

Nanã é a senhora dos mistérios. É uma divindade que nasceu com a criação do mundo. Quando o Criador permitiu que a água parada, que já existia, se juntasse ao saco de criação, a terra, no ponto de contato desses dois elementos, formou-se a lama dos pântanos, onde se encontram os maiores fundamentos de Nanã, a senhora de muitos búzios. Nanã sintetiza em si a morte, a fecundidade e a riqueza. Sendo a mais antiga divindade das águas, ela representa a memória ancestral. É a mãe mais antiga, Ìyáabà[23] por excelência.

Nanã tinha como função julgar os homens que maltratassem as suas companheiras. Por isso, era muito estimada principalmente pelas mulheres. Ela morava numa bela casa com jardim. Quando alguém apresentava

---

23 Palavra escrita como se pronuncia.

alguma reclamação sobre seu marido, Nanã amarrava esse homem numa árvore e pedia aos Eguns para assustá-lo.

Certa noite, Yansan foi à casa de Nanã e reclamou de Ogum, que foi amarrado no jardim. À noite, ele conseguiu escapulir e foi falar com o Oluô. A situação não podia continuar e, assim, ficou acertado que Oxalá tiraria os poderes de Nanã. Oxalá preparou um suco de caramujo e ofereceu à Nanã, que adormeceu. Ele, então, se vestiu de mulher e, imitando o jeito de Nanã, pediu aos Eguns que fossem embora de seu jardim para sempre.

Quando Nanã acordou e percebeu o que Oxalá tinha feito, obrigou-o a tomar o mesmo preparado de *ibin*[24] e seduziu o orixá. Oxalá saiu correndo e contou para Ogum o que havia acontecido. Ogum ficou muito zangado e cortou relações com Nanã. Mas uma coisa é certa: Nanã jamais permitirá que uma mulher seja maltratada.

---

24 Palavra em iorubá escrita como se pronuncia.

27. O MENINO E AS FLORES

Omolu era um menino muito alegre, mas era também muito levado. Ele costumava brincar perto de um belo jardim repleto de flores branquinhas. Sua mãe avisava sempre:

— Omolu, você pode brincar no jardim, mas não pise nas flores de jeito nenhum.

Mas o menino nem sempre acatava o pedido da mãe. Um dia, ele começou a correr por entre as flores. Correu, pulou, saltou de um lado para o outro, até perceber que o seu corpo estava coberto de pequenas flores brancas. Só que essas flores se transformaram em bolhas pustulentas e doloridas. O menino ficou com muito medo e estava com muita dor. Chorou pedindo à mãe que o livrasse daquela doença horrível.

A mãe justificou que era varíola e só acontecera por sua falta de entendimento com seu filho. Então, ela resolveu ajudá-lo. Fez um bocado de pipoca e foi jogando aos punhados como se estivesse banhando o menino. Como por encanto, as feridas foram desaparecendo até a sua pele ficar limpinha. Omolu se desculpou com a mãe e saiu do jardim com a sua pele tão saudável como havia chegado para brincar com as flores. Também assegurou que nunca mais estragaria o jardim da sua mamãe.

28. OS IBEJI ENGANAM A MORTE

Os Ibeji são duas entidades gêmeas que amam brincar, filhos de Oxum e Xangô. Eles viviam tocando seus tambores mágicos, cada um tocava o seu. Foi quando Iku colocou muitas armadilhas em todos os caminhos e começou a devorar todos os humanos que caíam nas suas arapucas.

Homens, mulheres, velhos ou crianças, ninguém escapava da vontade de Iku Iku, que estava levando as pessoas antes de seu tempo de morrer. O medo e o terror tomavam conta de todos. Curandeiros e adivinhos se juntaram para pôr um fim na vontade de Iku, mas todos foram vencidos. Os humanos continuavam morrendo antes do tempo. Os Ibejis, então, armaram um plano para deter Iku. O plano não poderia falhar.

Um dos Ibeji foi pela trilha perigosa onde Iku havia colocado suas armadilhas. O outro seguia o irmão, mas ia escondido, acompanhando-o à distância por dentro do mato. O Ibeji que ia pela trilha tocando seu pequeno tambor tocava com tanto gosto e maestria que a Morte ficou maravilhada, não quis que ele morresse e o avisou sobre a armadilha.

Iku se pôs a dançar, enfeitiçada pelo som do tambor do menino. Quando um irmão se cansou de tocar, o outro, que estava escondido no mato, trocou de lugar com ele sem que nada percebesse. E assim um irmão substituía o outro e a música jamais parava. Enquanto isso, Iku dançava sem parar. Ainda que estivesse muito cansada, não conseguia parar. E o tambor continuava soando seu ritmo irresistível.

Iku já estava esgotada e pediu ao menino que parasse a música. Seria só por uns instantes, para que ela pudesse descansar. Iku implorava:

— Para, menino! Para que eu preciso descansar um pouco!

Iku já não aguentava mais aquela dança muito esquisita. Os Ibeji, então, lhe propuseram um pacto:

— Nós paramos a música, mas... a senhora tem que jurar que vai retirar as armadilhas. Pode ser assim?

Iku não tinha escolha e resolveu se render. Os gêmeos venceram. Foi assim que os Ibejis salvaram os homens da morte e ganharam fama de muito poderosos. Até aquele momento, ninguém ou nada tinha conseguido ganhar aquele combate com Iku. Os Ibejis são poderosos, mas o que eles gostam mesmo é de brincar.

29. IANSÃ CONVIDA OMOLU PARA DANÇAR

Depois de muito caminhar pelo mundo, Omolu resolveu voltar para aldeia onde nascera. Muita alegria! Omolu queria entrar para a festa, mas o seu copo estava coberto de feridas e não lhe permitia misturar-se com as outras pessoas.

Por um longo tempo, ele ficava olhando pelas frestas da casa. Muito angustiado, Ogum percebeu e foi em seu socorro. Fez uma roupa de palha que o cobriu dos pés à cabeça. Omolu, mesmo envergonhado, entrou na festa. Iansã olhava tudo com rabo-de-olho, compreendeu a situação de Omolu, teve compaixão e o tirou para dançar. E por um bom tempo, dançou apaixonadamente. Nesse momento de encanto, aconteceu uma ventania. Aí foi que desabrochou o encanto: as feridas de Omolu foram transformadas em pipoca que se espalharam pelo chão. E ele se transformou num jovem lindo, encantador! Daí em diante, Omolu e Iansã se tornaram grandes amigos. Até hoje dançam juntos pelo mundo da espiritualidade, sempre ajudando as pessoas na cura das doenças.

30. A JUSTIÇA DE EXU

Conta-se que, certa vez, um homem muito rico tratava mal seus trabalhadores. Por conta de muitos desagrados, todos juntos resolveram fazer reivindicações. Para humilhar seus empregados, ele deu um pedaço de terra a cada um. Com a intenção de manter a subalternidade a que estava acostumado, ofereceu sementes de milho torrado (*abodô*) para eles semearem nos campos doados. E para vigiar, deixou uma galinha conquém no local. Todos os dias, a conquém ia à casa do fazendeiro e ele perguntava:

— O *abodô* brotou?

— Não, senhor! O *abodô* não brotou!

Os seus trabalhadores plantaram e o local passou a ser vigiado dia e noite para garantir que a plantação não nasceria. Exu se deu conta da maldade e não suportou a injustiça. Resolveu, então, dar o troco naquele falso benemérito, criando uma bela estratégia.

Foi assim que Exu chegou ao centro da cidade e começou a fazer brincadeiras e travessuras. Somente isso. Nas suas divertidas pintanças, as vacas começaram a voar e os cavalos cantaram. A Lua dançou durante o dia e o Sol rodopiou. Foi tanto movimento que não ficou ninguém em suas casas. Todos saíram para ver o que estava acontecendo na praça. Sem ter quem vigiasse a plantação, mais rápido do que a luz, Exu entregou novos grãos férteis aos empregados, que se apressaram em plantar as novas sementes. E para desespero daquele homem malvado, em poucos dias, nunca se viu plantação mais próspera.

31. O PACOTE DE ZAMBI

Antes de enviar homens e mulheres para o mundo
Zambi estendeu um grande pano no chão
Arrumou tudo de bom
Depois arrumou tudo de ruim que encontrou pela frente
Arrumou todas os males e todas as doenças e todas as curas e
benfeitorias.
Prendeu as quatro pontas e arriou para que todas as pessoas na terra
Tivessem o direito a tudo que existisse sobre a terra
Zambi não fez distinção nenhuma.
Assim nasceu o mundo para que todos e todas tivessem de tudo:
Tanto os problemas como as soluções.

32. A TRANSFORMAÇÃO DE OGUM

"Senhor de dois facões.
Usou um deles para preparar a plantação
E o outro para abrir caminhos.
No dia em que Ogum vinha da montanha
Ao invés de roupa, usou fogo para se cobrir"

Ogum queria ficar rico. O tempo estava passando e ele sempre em suas andanças pelo caminho do mundo, ajudando a todos e não conseguindo juntar bens. Preocupado com a situação, foi consultar o Oluô. Ele olhou nos búzios e, depois de uma longa conversa, disse-lhe:

— Se todo seu problema for este, é fácil de resolver. Amanhã mesmo vá ao mercado, ande por lá e, com certeza, seu desejo será atendido.

No dia seguinte, Ogum vestiu a sua melhor roupa, botou um pouquinho de dinheiro no bolso e lá foi apresentar-se no mercado.

Entrou solenemente, mas tinha medo de não ser reconhecido. Na verdade, ninguém notou a sua presença. De repente, um cachorro magro atravessou seu caminho e não parava de latir. Ele não gostou e chutou o animal para o outro lado. Um bode berrou forte, ele também não contou conversa, deu uma tapona no bicho, que saiu rodando pelo mercado, esbarrando nas pernas das mulheres. Uma delas reclamou de tanta brutalidade. Ogum não gostou e a ameaçou. Aí todo mundo no mercado já estava apavorado com aquelas atitudes e começou a correr atrás do malcriado. Correram até alcançá-lo, bateram muito e tomaram o dinheiro dele. Ogum embrenhou-se na floresta completamente nu e machucado, porque tinha apanhado muito.

Ogum ficou sozinho. Só a floresta que o acolheu. Depois de caminhar floresta adentro, sentou-se embaixo de um *igui opê* (dendezeiro). Foi aí que ele começou a refletir: "Veja o que eu fiz da minha vida. Eu desejei tanto ficar rico... E agora olha meu estado... Estou tão pobre que não tenho nem roupa para voltar para casa."

Ali, Ogum ficou meditando por longo tempo. Até que, em dado momento, ele olhou para cima e reparou que bem lá no alto do dendezeiro havia umas folhas bem novinhas, o *mariô*. Ele subiu com toda paciência, passando pelos espinhos, retirou as folhas que precisava e começou a tecer uma roupa para voltar para casa. Após vestir a roupa de *mariô*, deu-se conta de como tinha maltratado as pessoas. E pensou: "Eu vou até o mercado, vou me desculpar com aquelas pessoas". Dito e feito. Saiu andando rumo ao mercado.

Ao entrar, o seu corpo ficou reluzente. Ogum ficou tão iluminado que sua luz refletiu em todo espaço e nas pessoas também. As pessoas não eram as mesmas. Ele também não era mais o mesmo.

Enquanto entrava no mercado, com calma e coragem para pedir desculpas, todos que apreciavam o que estava acontecendo foram oferecendo-lhe comidas gostosas, joias, dinheiro e toda qualidade de presentes que fizeram com que Ogum se tornasse rico para sempre.

33. EXU, O MENSAGEIRO

Conta-se que, num tempo muito remoto, os deuses também padeceram de fome. Os seus filhos na terra pararam de fazer-lhes oferendas. A caça e a pesca não eram suficientes para alimentá-los por muito tempo. Parecia que os filhos haviam esquecido dos seus ancestrais. Foi então que Exu se pôs a caminho para resolver o problema. Procurou Iemanjá, que se manifestou muito pessimista:

— Olha, Omolu já mandou doenças e eles não se abalaram. Xangô mandou raios e também não aconteceu nada. Eles não têm medo de morrer. Eles não têm medo de nada.

Exu não desanimou. Continuando a sua viagem, foi até a casa de Orungan, um filho de Xangô. Ele o recebeu muito bem e ouviu com atenção o que estava acontecendo entre os homens e os orixás, então foi logo dizendo:

— Eu já sei como ajudá-lo nesta sua missão. Você só precisa de 16 coquinhos de palmeira. Quando conseguir esses coquinhos e souber o que eles querem dizer, você poderá reconquistar os homens.

O mensageiro saiu rápido para um lugar onde havia muitas palmeiras e convenceu os macacos a lhe entregarem 16 coquinhos. Mas ele ficou olhando para os coquinhos sem saber o que fazer. Os animais então lhe disseram:

— Você foi muito esperto e já conseguiu os coquinhos, agora só lhe resta ir pelas 16 regiões do mundo recolhendo histórias. No final de um ano, já terá aprendido 16 vezes 16 histórias. Daí você volta e ensina tudo para os homens. E os homens, percebendo os acontecimentos imanentes através desses coquinhos, irão dialogar com os orixás e agradecer sempre com as oferendas que alimentam a vida e o axé.

34. EXU E O POSICIONAMENTO DOS ÓRGÃOS SEXUAIS NO CORPO HUMANO

Exu foi o orixá encarregado para localizar os órgãos sexuais nos seres humanos. Não foi fácil. Inicialmente, experimentou colocar o sexo nos pés, o que provocou grande desconforto devido à poeira. Logo depois, tentou acomodar abaixo do nariz, mas também não ficou satisfeito, pois os odores que exalavam, incomodavam. Foi conversando com Oxum que surgiram outras ideias. Na terceira tentativa, Exu colocou o sexo nas axilas. Também não foi confortável. O suor constante impediu-os de deixá-los nessa posição.

Depois de tantas tentativas, descobriu a localização ideal, fixando o sexo entre as pernas. Local que considerou preservado e confortável. Essa área, a meio caminho entre os pés e a cabeça, ponto visto como central, ressalta a importância da sexualidade para a saúde, a alegria e a continuidade da vida.

35. OXUM E A LUTA POR DIREITOS COLETIVOS

Conta-se que Oxum era uma jovem trabalhadora na cidade em que vivia e nunca conseguia melhorar de vida. Um dia resolveu consultar o adivinho. O velho sábio aconselhou Oxum a preparar uma oferenda e entregar no palácio do rei. Ela deveria colocar algumas coisas em um balaio, fazendo todos os seus pedidos, e ofertar ao rei.

Chegando ao palácio, Oxum não teve permissão de entrar e começou a falar:

— Mas que rei maldito! Que rei terrível! Sou uma mulher que trabalha muito, me esforço e não consigo melhorar nem a minha vida, nem a vida da minha comunidade. Esse rei é injusto porque tem tudo só para ele. Olha o palácio dele!

Oxum continuou bradando contra o rei enquanto entregava a oferenda. O povo começou a se juntar em volta dela, ficando ao seu lado. Ninguém se afastou. O rei perguntou o que estava acontecendo e o que poderia fazer para que

Oxum se calasse. Um conselheiro disse para o rei presentear Oxum para ela se calar.

Então o rei lhe deu um agrado. Oxum agradeceu e disse merecer o presente porque ela e aquela gente trabalhavam bastante. Sendo assim, não parou de falar e reclamar. E o rei deu mais presentes. E ela continuou recebendo e falando...

O final da história é que Oxum é dona de todo o ouro e de toda a riqueza do mundo, mas não se apropria de nada. Ela divide tudo com quem precisa.

Por que conto esta história? Porque disseram para Oxum pedir e ela exigiu. Oxum exigiu o que lhe era de direito e ganhou tudo que merecia para ela e seu povo. Esta é uma história que vem de tradição e mostra a importância de que só lutando juntos é possível receber tudo a que temos direito coletivamente.

36. OXUM E AS MULHERES NA ORGANIZAÇÃO DO MUNDO

Era uma vez, no princípio do mundo, Olodumare mandou todos os orixás para organizarem a terra. Os homens faziam reuniões e mais reuniões. Somente os homens, as mulheres não eram convidadas. Aliás, as mulheres foram proibidas de participar da organização do mundo. Desse modo, nos dias e horários marcados, os homens deixavam as suas mulheres em casa e saíam para tomar as providências indicadas por Olodumare.

As mulheres não gostaram de ficar de lado. Contrariadas, foram conversar com Oxum, que era considerada uma Iyalodê, título da pessoa mais importante entre as mulheres do lugar. Na verdade, parecia que os homens tinham se esquecido do poder de Oxum sobre a água doce. E sem a água doce, com certeza, a vida na terra seria impossível.

Oxum já estava aborrecida com essa desconsideração dos homens. Afinal, não poderia, de forma alguma, ficar longe das deliberações para o crescimento das coisas da Terra. Ela sabia de tudo que estava acontecendo. Era preciso compreender que todos eram importantes para a construção do mundo. Procurada por suas companheiras, conversaram durante muito tempo e, por fim, a Iyalodê comunicou:

— De hoje em diante, vamos mostrar o nosso protesto para os homens. Vamos chamar atenção, porque somos todos responsáveis pela construção do mundo. Enquanto não formos consideradas, vamos parar o mundo!

— Parar o mundo? O que significa isso? — perguntaram as mulheres, curiosas.

— De hoje em diante — falou Oxum —, até que os homens venham conversar conosco, estamos todas impedidas de parir. Também as árvores não vão mais dar frutos, nem as plantas vão florescer ou crescer. — Isso foi dito e aconteceu.

Aquela foi uma reunião muito forte. A decisão foi acatada por todas as mulheres e os resultados foram imediatos. Os planos que os homens faziam começaram a se perder, sem nenhum efeito.

Desesperados, dirigiram-se a Olodumarê e explicaram como as coisas iam mal sobre a terra. As decisões tomadas nas assembleias não davam certo de forma nenhuma. Olodumare ficou surpreso com as más notícias. Até que, depois de meditar por alguns instantes, perguntou:

— Vocês estão fazendo tudo como eu mandei? Oxum está participando dessas reuniões?

Os homens responderam:

— Veja, senhor, estamos fazendo tudo "direitinho"

como o senhor mandou. Agora, este negócio de mulher participando de nossas reuniões... Isso aí a gente não fez assim não. Coisa de homem tem que ser separada de coisa de mulher.

— Não é possível! — Olodumare falou forte. — Oxum é o orixá da fecundidade, é quem faz desenvolver tudo que é criado. Sem Oxum, o que é criado não tem como progredir. Por exemplo, vocês já viram alguma coisa plantada crescer sem água doce?

Os homens voltaram correndo para a Terra e cuidaram logo de corrigir aquela grande falha. Quando chegaram à casa de Oxum, ela já esperava na porta, fazendo jeito de quem não sabia o que estava acontecendo. Aí os homens foram chegando e dizendo:

— *Agô nilê!* — Que significa "Com licença".

— *Omo nilê ni ka agô* — respondeu ela, dizendo: "filho da casa não pede licença".

Desse jeito, ela os convidou a entrar em sua casa. Conversaram muito para convencer Oxum. Eles pediam que ela participasse imediatamente dos seus trabalhos de organização do mundo. Depois que ela se fez bem de rogada, aceitou o convite.

Não tardou e tudo mudou como por encanto. Oxum derramou-se em água pelo mundo. A terra molhada reviveu, as mulheres voltaram a parir, tudo floresceu e os planos dos homens conseguiram felizes resultados. Daí por diante, cada vez que terminava uma assembleia, homens e mulheres cantavam e dançavam com muita alegria, comemorando o reencontro e suas possíveis realizações:

Araketu ê Faraimará. Faraimará ô Faraimará.

37. LOGUN EDÉ, O FILHO DO CAÇADOR

Conta-se que o grande caçador Odé entrou na mata com seu filho, Logun Edé, ensinando-lhe a arte de caçar e manejar o arco e a flecha. Após inúmeras caçadas, Logun sentou-se embaixo de uma árvore para descansar.

Nessa árvore, pousou um pássaro, e Oxóssi preparou sua arma e atirou. Acertou precisamente no pássaro e também em uma colmeia de abelhas. Elas foram cair justamente sobre a cabeça de Logun, que, sem ter como se defender, foi picado. Oxóssi, vendo o desespero do filho, correu a acudi-lo, sendo mordido várias vezes. Conseguindo fugir, deitou seu filho em folhas frescas e, sem saber o que fazer, pôs-se a chorar.

Eis que o orixá Omolu, vendo aquele sofrimento, parou e apiedou-se do estado de Logun, pois a criança estava morrendo. Omolu tirou de sua capanga água de cana e gengibre, pilou e aplicou sobre os ferimentos, aliviando as dores. Após isso, fez o mesmo com Oxóssi, curando-o completamente.

Oxóssi, então, disse-lhe:

— Senhor dos aflitos, ponho o meu reino a seus pés, e toda a minha caça que daqui por diante eu conseguir, comeremos juntos.

Omolu agradeceu e seguiu seu caminho. Então Oxóssi jurou que nunca mais comeria o mel, pois o faria lembrar todo o sofrimento seu e de seu filho. Por isso Oxóssi não leva mel e Logun é lavado com aruá, que é uma mistura de rapadura e gengibre.

38. OS FILHOS DE OIÁ

Oiá era uma mulher muita linda. Tão linda que andava sempre disfarçada com uma pele de búfala porque não queria ser reconhecida. Um dia, Oxóssi encontrou Oiá sem a pele e aconteceu uma grande paixão. Ele se casou com ela e escondeu sua pele de búfala para que não fugisse.

Oiá teve dezesseis filhos com Oxóssi. Oxum foi a primeira esposa dele e, como não tinha filhos, criou todas as crianças de Oiá. Foram nascendo os filhos de Oiá e Oxóssi. Os meninos se pareciam com o pai, as meninas, com a mãe. A vida ia passando na casa. Tudo ia bem, até que um dia as duas mães se desentenderam.

Oxum, então, resolveu mostrar a Oiá onde estava sua pele de búfala. Oiá apanhou o seu disfarce animal e fugiu, deixando os seus filhos com Oxum. E assim as crianças ficaram para sempre com ela.

39. O NASCIMENTO DAS MULHERES NO MUNDO

Há uma história que no princípio do mundo só havia homens. Imagine só, um lugar repleto de homens! Eles só sabiam trabalhar e viviam sempre mal-humorados.

Um dia, um dos homens viu uma aparição. Um estranha figura apareceu de uma maneira singular. O homem olhou e perguntou:

— De onde você vem?

— Eu vim do barro — a figura respondeu.

Ele achou estranho, mas apanhou a mulher, dobrou e colocou na sua bolsa.

À noite, ouviu-se um barulho estranho onde o homem dormia. No dia seguinte, ele amanheceu todo feliz porque naturalmente tivera uma linda noite de amor. Nesse ponto, os outros homens queriam entender o que estava acontecendo.

Inesperadamente, a mulher pulou da bolsa do homem e ficou dançando em torno dele. Ele a pegou com força e arremessou para o alto de uma árvore muito grande.

Os homens se juntaram e começaram a sacudir a árvore. Eles queriam disputar a mulher de qualquer jeito. Foi tanto que ela caiu e se espatifou em mil pedaços. Então eles começaram a juntar os pedaços da mulher e construíram outra, mais outra, mais outra, mais outra... E foi assim que o mundo ficou povoado de homens e muito mais mulheres.

40. A BELEZA E A CORAGEM DE EWÁ (EUÁ)

Em algum lugar do continente africano, vivia uma mulher chamada Ewá. Era uma mulher linda e trabalhava muito. Todo dia, ela carregava sua filha, seguia pela floresta, apanhava lenha e voltava para vender na sua aldeia.

Um dia, o sol foi descansar mais cedo e a noite se apressou para chegar. Ewá caminhou sem direção, até que se perdeu na escuridão da mata. A menina começou a chorar.

— Mamãe, estou com sede. Mamãe, quero água.

Ewá parou, sentou e acariciou a filha, que continuava chorando de sede. O lugar era tão escuro que a sua única referência era a sua criança e seu próprio corpo. Ewá passou a mão no seu umbigo e percebeu que saía um pouco de água. Apertou só um pouquinho e saiu mais e mais água, que se transformou em um córrego, um riacho... um rio que foi enchendo cada vez mais aquele espaço na floresta. Ewá saiu nadando, nadando, nadando sempre, e logo chegou sã e salva na sua aldeia. Feliz por ter encontrado de novo o seu caminho, cantava e dançava segurando a filha como um presente da vida.

41. ANANSI

As histórias de Anansi são originárias do povo Akan, nativos do Gana, mas se espalharam por todo o oeste africano e chegaram ao nosso conhecimento através de ancestrais retirados da África contra a sua vontade. Anansi é o nome de uma aranha que decidiu ser a mais sábia da Terra.

Para realizar o seu desejo, começou a caminhar pelo mundo recolhendo todo tipo de sabedoria. Não havia lugar que Anansi não pudesse chegar. Foi assim que ela guardou em casa, bem escondido, um pote cheio das sabedorias recolhidas nas suas andanças pelo mundo.

Dia e noite, a aranha montava guarda, tomando conta do pote da sabedoria. Depois de algum tempo, desconfiada que o pote pudesse ser encontrado, começou a tecer um fio bem grande. Um fio tão grande que conseguiu chegar até o ponto mais alto da maior árvore da floresta.

Terminado o fio, Anansi amarrou a teia ao pote e na sua cintura, diante da barriga, e começou a subir para o ponto mais alto da árvore escolhida. Precisava encontrar um lugar seguro para esconder o seu tesouro.

No meio dessa lida toda, surgiu no fundo da floresta uma menininha, que logo percebeu o grande esforço que a aranha estava fazendo para carregar o pote na frente do seu corpo.

— O que você está fazendo, Anansi? Não seria mais confortável carregar esse pote nas costas?

Anansi não gostou daquela presença inesperada:

— Quem te chamou aqui, menina.?

— A floresta é nossa! — respondeu a criança, abraçada a uma árvore mais próxima.

Anansi, percebendo que a menininha era mais sábia do que ela, não escondeu a sua indignação e começou a falar alto e gesticular. Muito nervosa, ao se virar para a criança, deixou cair o pote. Ao se espatifar no chão, o pote espalhou toda a sua sabedoria pela terra. E foi assim que a sabedoria recolhida por Anansi criou muitas histórias que foram espalhadas pelo mundo.

42. O XIRÊ DA ALEGRIA QUE VOLTA

Em uma aldeia bem recuada lá no continente africano, de tempos em tempos, toda comunidade era acometida de uma melancolia que tomava conta das pessoas e de toda vida do lugar. Tudo parecia extinguir-se. Ninguém trabalhava. As crianças já não brincavam, ninguém mais cantava nem dançava. A terra e os rios começavam a secar. As plantas murchavam e os animais ficavam amuados em um canto qualquer daquele lugar sem vida.

Diante da escassez de tudo e do desânimo do povo, alguém teria que tomar alguma providência. Foi aí que uma pessoa mais velha da aldeia decidiu convocar toda a comunidade para fazer uma grande roda no meio do terreiro. Começou então a contar os feitos mais antigos e importantes dos seus ancestrais. Outros vieram também e contaram suas narrativas. Mais outros apareceram. E tudo foi se juntando como uma grande teia que entrelaçava os fios de memórias comuns. Dias e dias se passaram como uma festa sem fim.

Foi assim que voltou a força, o encanto, a alegria, o trabalho, o riso e todas as atividades que se espalharam novamente, tomando conta do espírito de toda a gente daquele lugar.

43. OXUM TRAZ DE VOLTA OGUM PARA SUA COMUNIDADE

Em tempos remotos, para o mundo basicamente agrícola, o ferro foi a invenção mais importante para a vida das comunidades. Por alguma razão desconhecida, Ogum, considerado o senhor do ferro, se aborreceu e entrou na mata, desaparecendo por um bom tempo. Seu povo, na falta de seus instrumentos de defesa e de trabalho na terra, ficou sem recursos. Aí a pobreza e a fome tomaram conta de toda a gente.

Assim que Oxum soube dessa notícia, pensou: "Vou resolver isso agora. Não podemos ficar sem Ogum". Pôs um vestido bem bonito, as joias mais belas e, bem perfumada, entrou no mato e se aproximou do sítio onde Ogum costumava acampar.

Oxum dançava, e com o vento, do seu corpo desprendia um perfume maravilhoso. Ogum foi imediatamente atraído e seduzido pela visão maravilhosa da dança de Oxum, mas se manteve distante. Ficou à espreita atrás das árvores. De lá, admirava Oxum todo encantado. Ela o via, mas fazia de conta que não.

O tempo todo ela dançava e se aproximava dele, mas fingia sempre que não se dera por sua presença. A dança e o vento faziam flutuar o seu vestido bonito. Quanto mais ela dançava, mais ele se encantava. E Oxum o atraía para perto de si e ia caminhando pela mata sutilmente, tomando a direção da cidade. Mais dança e mais sedução, e Ogum a acompanhava disfarçando sempre.

Parecia que Ogum não se dava conta do que estava acontecendo. Ela ia à frente, ele a acompanhava encantado. Quando ele se deu conta, eis que ambos se encontravam na praça da cidade. Todo o povo que estava lá aclamava o casal e sua bela dança de amor. Ogum estava de novo na cidade, Ogum voltara!

Temendo ser tomado como fraco, enganado pela sedução de uma mulher bonita, Ogum deu a entender que voltara por gosto e vontade própria e declarou que nunca mais abandonaria a cidade nem a sua forja. E todos aplaudiam a dança de Oxum. Ogum voltou à forja e os homens voltaram a usar seus utensílios. Houve plantações e colheitas, e a fartura acabou com a fome e espantou a morte. Oxum salvou a comunidade com sua bela dança de amor.

OMOLOCUM[25]: METÁFORA PARA A CONSTRUÇÃO DO CURRÍCULO DO PROJETO POLÍTICO-PEDAGÓGICO IRÊ AYÓ

A lição de afeto e de cuidado também vem da cozinha dos deuses e das deusas. É a lição da atenção, da escuta, das escolhas, para o bem servir. A lição do diálogo democrático vem da inclusão de todas as pessoas para uma aprendizagem comum. Na cozinha dos deuses e das deusas não há medidas nem balança. Prevalece o bom senso e a temperança.

A entrada é parcimoniosa até ganhar-se o direito de participar como uma conquista. Na cozinha, aprendem-se os primeiros fundamentos da religião. A conversa é respeitosa e mediada pela presença imprescindível das mais experientes, que criam intervalos para brincadeiras e boas

25 Comida sagrada do Orixá Oxum.

risadas. A alegria importa para a celebração dos rituais na comunidade. Atentamos para o fato de que uma coisa é fazer feijão temperado com azeite, outra coisa é fazer Omolocum. Omolocum é a principal comida que se oferece a Oxum. Para fazer feijão com azeite é só ir ao supermercado, comprar os ingredientes, lavar e cozinhar e está pronto. Mas para fazer Omolocum é diferente. A mesma comida oferecida às entidades é servida para todas as pessoas indistintamente. É alimento que serve para renovação do corpo e do espírito. O feijão deve ser separado de grão em grão, escolhendo-se o que é absolutamente saudável. Depois se lava com muita água. É preciso tirar tudo que não se transforma em alimento. O camarão deve ser limpo com cuidado para retirar o que pode machucar durante a ingestão. Todas as pessoas devem ser servidas do mesmo alimento, na mesma quantidade e ao mesmo tempo. Nada de mais nem de menos.

 Tudo deve ser comprado na feira, pois lá não há pacotes prontos. Nada pode ficar escondido ou camuflado. Os pacotes enganam os olhos e qualquer desatenção pode produzir resultados desastrosos. Tudo tem que ser visto e revisto cuidadosamente para bem alimentar também a comunidade. Toda atenção é pouca para cada ingrediente. Coisas antigas guardadas nas gavetas não podem fazer bem. Cuidado, só se junta o que é para ser juntado!

 Foi desse jeito de fazer comida de Oxum, alimento do corpo e do espírito, que nasceu a inspiração de uma epistemologia para o Projeto Político-Pedagógico Irê Ayó. Assim ficou compreendida a ação coletiva desejada e inclusiva com diálogo e atenção para o currículo da Escola Municipal Eugenia Anna dos Santos, do Ilê Axé Opo Afonjá, que anseia nutrir crianças com atenção e afeto, endireitando trajetórias a fim de inspirar sonhos e projetos de vida guiados também pela ancestralidade.

Este é um livro-ensaio. Nada está terminado. Queremos indicar algumas pistas de possibilidades. Embora didático, acreditamos na força criadora e dialógica dessa construção de nós todas e todos. Não é uma prescrição. Não se trata, portanto, da aprendizagem ou do ensino de uma sequência de fatos. A referência à história da África não se desenha como a volta melancólica a um lugar do passado, mas como necessidade fundamental para compreender os efeitos da escravização de povos africanos na contemporaneidade, como parte de uma história intrincada de fatos, acontecimentos e sentimentos que nos inclui como povo afrodiaspórico.

GLOSSÁRIO

Obs.: As palavras utilizadas na língua iorubá estão escritas da forma como são pronunciadas.

Adolá – Até breve

Adupé – Agradecimento

Agô – Pedido de licença

Agoyá – Licença permitida

Galinha conquén – Galinha d'Angola

Kuawró – Bom dia

Kuixé – Bom trabalho

Kuasan – Boa tarde

Kualé – Boa noite

Labá – Bolsa ou sacola

Oluô – Senhor dos segredos divinatórios

Búzio – Concha marinha, moeda na África Antiga, mais precisamente onde hoje ficam Angola, Moçambique e Guiné

Cocuruto – Alto da cabeça

REFERÊNCIAS

BÂ, Hampate. A tradição viva. In: KI-ZERBO, Joseph (Org.). *História geral da África, I*: Metodologia e pré-história da África. São Paulo: Ática; Paris: UNESCO, 1982. p. 167-212.

ELIADE, Mircea. *O sagrado e o Profano*: A Essência das Religiões. Lisboa: Livros do Brasil, 1956.

MACHADO, Vanda. *Irê Ayó*: uma epistemologia afro-brasileira. Salvador: EDUFBA, 2002.

MACHADO, Vanda. Amor a terra: lição que não se aprende na escola. In: ENCONTRO DAS FOLHAS PIERRE FATUMBI VERGER, 1966, Salvador. *Anais [...]*. Salvador: Prefeitura Municipal, 1996.

_____. *Ilê Ifé:* o sonho do Iaô Afonjá (mitos afro-brasileiros). Salvador: EDUFBA, 2002.

_____. *Pele da Cor da Noite*. 2. ed. Salvador: EDUFBA, 2019.

_____. *Prosa de Nagô*: educando pela cultura. 3. ed. Salvador: EDUFBA, 2021.

_____. Tradição Oral e vida Africana e Afro-Brasileira. *In:* SOUZA, Florentina; LIMA, Maria Nazaré (Org.). *Literatura Afro-Brasileira.* Salvador: Centro de Estudos Afro-Orientais; Brasília: Fundação Cultural Palmares, 2006.

MACHADO, Vanda; PETROVICH, Carlos R. *Ajaká:* o menino no caminho de rei. Teatro Pedagógico II. Salvador: IOB, 2001.

MAFESOLI, Michel. *A contemplação do mundo.* Porto Alegre: Artes e Ofícios, 1995.

SOUZA, Jessé. *Como o Racismo Criou o Brasil.* 1. ed. Rio de Janeiro: Estação Brasil, 2021.

ZOHAR, Danah. *O ser quântico.* São Paulo: Best Seller, 1990.

Formato: 14 x 21cm
Tipologia: Minion Pro 11,5/16,4
Número de páginas: 196